若我见到你，
事隔经年。
我如何贺你？
以眼泪，以沉默。

我害怕，你说 你也喜欢我

夏林溪 / 著

中国出版集团

现代出版社

爱，那么短，而回忆，却那么长。

这短短的一瞬，会在不经意间刻骨。

如果没有失去，人就不会懂得珍惜，

如果没有感受到甜蜜幸福，也不会为分别痛苦。

在两个人的感情世界中，长久维持的，

不是心有灵犀的睿智，不是旗鼓相当的欣赏，

更不是死心塌地的仰望，而是心疼，是怜惜，是两难境地里，

那沁入骨髓里的舍不得。只求在我最美的年华里，遇见你。

我问你在哪里，在做什么，并不是想窥探你。

而是想通过一次又一次的答案，

拼凑还原出一个我并不了解的，你的生活和世界。

喜欢你，很久了。等你，也很久了。

现在，我要离开，比很久很久还要久……

喜欢你的人很多，不缺我一个。

我喜欢的人很少，除你就没了。

爱情常常把人抽空，留下一具空躯壳，

然后扬长而去。所以我，始终对爱情有戒心。

我能接受一开始就单薄的爱，却接受不了一份爱由浓转淡。

跟某个人第一次见面的时候，你会因为害羞而不说话，

还是因为害羞所以不停地说话，

然后又恨那个因为不停说话而说了很多蠢话的自己？

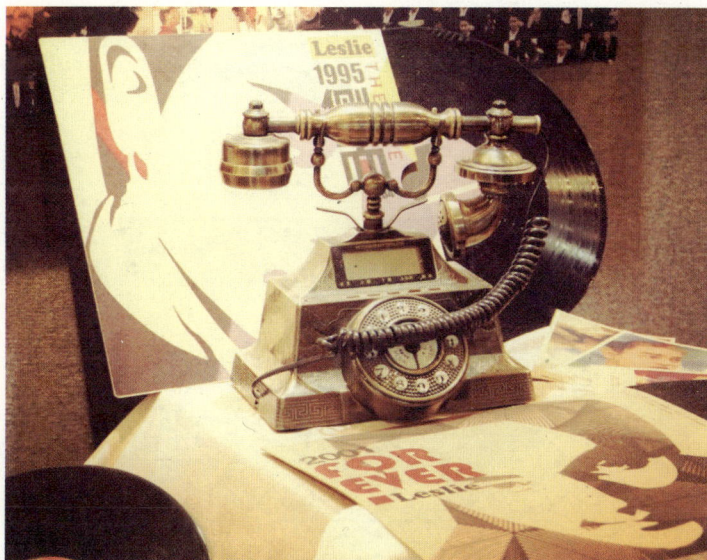

一生至少该有一次，为了某个人而忘了自己，

不求有结果，不求同行，

不求曾经拥有，甚至不求你爱我，

只求在我最美的年华里，遇见你。

到哪里找那么好的人，配得上我明明白白的青春。

到哪里找那么对的人，陪得起我千山万水的旅程。

可正因为你那么好，我才害怕，害怕惊动了爱情。

有些人，因为不想失去，所以，绝不染指。

喜欢是一个人的事，而爱情是两个人的事。

所以，我喜欢你，这是我自己的事，与你无关。

人都有一份孤独，再繁华的热闹，

有一颗冷心观红尘，但唯独他，一眼洞穿你的清寂，

一眼明白这世间所有的繁华不过是你和他身边的过眼云烟，

他会在众人之间一眼看到你，

然后读懂你，明白你，不似爱情，胜似爱情。

目 录

如果不能住在你心里，
都是　客死他乡
| ONE |

○○○○○○

这天你围着我跑了好几圈，我问："你在干什么?"
你说："我在环游世界啊!"

| TWO | 我只是怕，惊动了　爱情

○○○○○○

到哪里找那么好的人，配得上我明明白白的青春。
到哪里找那么对的人，陪得起我千山万水的旅程。
可正因为你那么好，我才害怕，害怕惊动了爱情。
有些人，因为不想失去，所以，绝不染指。

contents 目 录

| THREE | 爱是想触碰，又收回手

○○○○○○
我最怕看到的，不是两个相爱的人互相伤害，而是
两个爱了很久很久的人，突然分开了，像陌生人一
样擦肩而过。
我受不了那种残忍的过程，因为我不能明白：当
初植入骨血的亲密，怎么会变为日后两两相忘的
冷漠。

我害怕，你说你也喜欢我

| FOUR | 爱　只能遇见，无法预见

○○○○○○

爱情可以很简单，就是我很想遇见你的时候，你也
正好在找我；爱情可以很复杂，我很想和你在一起
的时候，你想的也跟我的一样，可我们后来，就是
没能在一起。

contents 目 录

不要对我好，
| FIVE | 我习惯了就会　期待更多

○○○○○○

一生当中，常常会遇到某个人，他打破你的原则，
改变你的习惯，成为你的例外，然后岁月流经，不
知不觉中，他成了你思念的首选，成了你的孤独的
始作俑者，成了一种牵绊。

| SIX |　有多少人，
以友情的名义爱着　一个人

○○○○○○

一生至少该有一次，为了某个人而忘了自己，不求
有结果，不求同行，不求曾经拥有，甚至不求你爱
我，只求在我最美的年华里，遇到你。

每个人的心里都有一座城，城里住着一个人，虽然近在咫尺，却又远隔天涯。每个人的心里都有一个不可能的人，就算是非常喜欢，但又不能在一起。

世界上最远的距离，不是我在地球的最这头，而你却在地球的最那头，也不是我在你身边，你却不知道我爱你，而是你明明知道我爱你，却不远不近地与我平行，让彼此永远没有交集。

有的人把心都掏给你了，你却假装不知道，因为你不喜欢；有的人把你的心都掏了，你还装不痛，因为你爱他。爱一个人不一定要在一起，但在一起了就要好好珍惜。

因为曾离我们仅一步之遥的人，一旦错过，之后哪怕化身绝世英雄，身披金衣金甲，脚踏七彩祥云，一跃十万八千里，也未必能追得回来。

我害怕，你说你也喜欢我

　　多少人以友情的名义，爱着一个人；多少人以友情的名义，拒绝一个人。多少人不敢说出来，害怕说出来后连现在这样都不可以了。

　　多少人喜欢一个人，只是告诉了她，让她知道，而后转身离去，再也不提；多少人喜欢一个人，却是始终都没有告诉她。

　　多少人爱着，却好似在分离；多少人走着，却好似困在原地。

　　多少人败给了一个"等"字；多少人约定，转身后谁也不再回头，可是谁也忍不住。

　　多少人见证了很多爱情，却没有见证他们的婚礼；多少人来到你的生命，便匆匆离去，再也不见；多少人走进你的生活，只是为你的人生上一节课。

　　多少人曾想与你一起颠沛流离；多少人一直活在你的记忆里，却怎么也想不起来。

　　多少人放开了你手，却盼望你能回来；多少人挽留过你，可终究没挽留得住，你挽留过多少人，也是如此。

　　多少人想知道哪天自己喝醉了，一个人走在街头，会歇斯底里地喊出谁的名字。多少人在一起，发誓永远不分开；多少人因为你的丢失，而翻遍了全世界。

多少人明知道你们不可能，却对你嘘寒问暖，一如既往；多少人买的双人票，去看的却是单座电影；多少人想在雨天给你送伞，却怕你不接受。

多少人爱你，爱了整整一个曾经；多少人想你，想了整整一个过去；多少人告诉自己不要改变自己，却还是因为你失去坚持。

多少人想陪你看第一场雪，你也想有人陪你看雪，可对方却不是彼此；多少人喊你傻瓜与笨蛋，其实他喜欢上了这个傻瓜与笨蛋。

多少人想你，无时无刻不，每时每刻都；多少人每天都打扮好自己，只为能与你遇见时的第一印象。

多少人珍藏着一个小物件，那是你送的；多少人持有一个小物件，为将来送给某个人。

多少人把眼泪埋在睫毛深处，轻轻地对你说，祝你幸福。多少人曾在充满雾气的玻璃上，写下一个人的名字，然后匆匆擦去。

多少人从远方赶来，只为看你一眼又匆匆离去；多少人分手了，一个去流浪，另一个还在原地傻傻地等。

多少人为了爱奋不顾身，又有多少人为了爱，退避三舍；多少人在寻觅，多少人在等待奇迹。

原来想要刻意忘记的，却会情不自禁地想起；想要放弃的，却无法做到洒脱地放手。

有些感情，明知道不会再继续；有些人，明知道不值得珍惜；就算嘴里说着无所谓，而面对曾经深爱的人，谁又能做到心如止水？

深深地爱上一个人的感觉，孤独时想想，竟然完全与甜蜜、幸福、喜悦这些词语无关，而是，"害怕"。

害怕一个人的冷清，害怕夜晚时的宁静，害怕睹物而思人，害怕触景而伤情……因怕分离而惶恐；因怕辜负而患得患失。

可是，只有深深爱过的人都知道：这样的缘分，在有生之年狭路相逢，终究是不能幸免的。

| ONE | 如果不能住在你心里，
都是　客死他乡

○ ○ ○ ○ ○ ○

　　这天你围着我跑了好几圈儿，我问："你在干
什么？"

　　你说："我在环游世界啊！"

我害怕，你说你也喜欢我

01 / 你出现的时候，
我就知道等的人是你

> 于千万人之中遇见你所要遇见的人，于千万年之中，时间的无涯的荒野里，没有早一步，也没有晚一步，刚巧赶上了，那也没有别的话可说，唯有轻轻地问一声："噢，你也在这里吗?"

动
情
时
分 ○○○○○○

每天他都习惯坐在公交车最后一排的角落，静静地注视着她。

那个她总是习惯性地坐到最前排的右手边，而每次下车前都会用左手捋一下耳旁的头发。

他每天静静地看着她出现，看着她静静地坐着，看着她将耳边的头发，直到她完全消失在车门外，他这才嘴角微扬，转头望向车窗外的风景。

实际上，女孩儿每天上公交都注意到有个男生一直坐在最后一排，所以她总爱坐到最前排的右手边，让他能看到自己。

≈≈≈≈

　　于万千的人群中，于无际涯的时光里，一个人没有早一步，也没有晚一步，恰巧奔赴到你的人生中来，这，何尝不是一种深深的缘？

　　假如我来世上一遭，只为与你相聚一次，只为了亿万光年里的那一刹那，一刹那里所有的甜蜜与悲凄，那么，就让一切该发生的，都在瞬间出现吧。我俯首感谢所有星球的相助，让我与你相遇，再与你别离，完成了上帝所作的一首诗，然后，再缓缓地老去。

　　始终相信，遇见是上天的恩赐，也许，今生我就是为寻你而来。想象着，在落满枫红的小径上，与你十指相扣，不求地老天荒，只求莫失莫忘；想象着，在这个冬季，你的柔情微笑会如雪花般开满我洁白的手臂，沿思念的脉络疯长，我会深情地握住这份幸福，用你的名字取暖。

　　没有人知道，这世界上，究竟有多少情，属于浅相遇，深相知；更没有人知道，这世界上，究竟有多少情，属于默然相伴，寂静欢喜。

　　人生犹如一场戏，在每一个转折点，总有意想不到的邂逅。

　　有的相遇成歌，注定了在这缕缕红尘中，相携而去。有的转身为念，注定了行色匆匆，独自而行。

　　其实，上苍是公平的。在为我们关上一扇门的时候，自会为我们打开一扇窗。所以才有了离别成歌，相思成语。所以我们的人生才有了韵味，才有了纷扰。

　　是谁在午夜诉说着那悲伤的心事？那纠结在心底的落寞和着那缠绕在枕边的青丝，一圈儿一圈儿，一轮一轮。轻拾一片，握于掌心，轻轻吹平那岁月所留下的印记。一遍又一遍。

　　抑或是同样的心境，抑或是心灵深处的柔软，读着这样的文字，读着这样的心情，竟，无语凝噎，泣不成声。

　　相知，只是一刹那间，注定，从此会走进彼此的世界，故事，因此生动起来。

　　你给我的幸福感，我舍不得张扬，只有淡淡的相守。就像这场相遇，没有抑扬，亦没有顿挫。故事平淡得犹如一眼清泉，轻轻地，静静地流淌在岁月的长河里，不起波澜，偶有涟漪。

　　遥望，在路尽处，一片暗香袭来，是你，踏歌而来；凝眸，在林深处，一缕淡香飘来，是我，逆水而上。

　　平平仄仄，深深浅浅，无不演绎着那份真实与平和。

　　有些人，只是一个转身，却已是天涯，就像有些事，只是一个转折，却已是海角。何谓天涯？又何谓海角？没有人知，也没有人晓，只是一直前行，一直前行。

　　有些情，只是一个凝眸，却已是天长，就像有些爱，只是一个牵绊，却已是地久。何谓天长，又何谓地久？或许只有你知，只有我知，只有红尘中那些善念的人会知。

02 / 如果不能住在你心里，
都是客死他乡

> 总有一个人，一直住在心底，却告别在生活里。心里有个人放在那里，是件收藏，如此才填充了生命的空白。太阳尚远，但必有太阳。

动情时分 EMOTIONAL MOMENT ○○○○○○

两人分手后多年，在一个城市不期而遇。

男的问："你好吗?"

女的答："好。"

男的又问："他好吗?"

女的答："好。"

女的问："你好吗?"

男的答："好。"

女的又问："她好吗?"

男的答："她刚告诉我，她很好。"

≈≈≈≈

　　爱，是令人日渐消瘦的心事，是举箸前莫名的伤悲，是记忆里一场不散的筵席，是不能饮、不可饮，也要拼却的，一醉。

　　我难道是真的在爱着你吗？难道，难道不是，在爱着那不复返的青春？

　　那一朵，还没开过就枯萎了的花，和那样仓促的一个夏季？那一张，还没着色就废弃了的画，和那样不经心的一次别离？

　　我难道是真的在爱着你吗？不然，不然怎么会，爱上，那样不堪的青春。

　　我相信，爱的本质一如生命的单纯与温柔。我相信，所有的光与影的反射和相投。我相信满树的花朵，只源于冰雪中的一粒种子。我相信，三百篇诗，反复述说着的，也就只是年少时没能说出的，那一个字。

　　我相信，上苍一切的安排，我也相信，如果你愿与我，一起去追溯，在那遥远而谦卑的源头之上，我们终于会互相明白。

　　其实，我盼望的，也不过就只是那一瞬，我从没要求过，你给我，你的一生。

　　如果能在开满了栀子花的山坡上，与你相遇，如果能，深深地爱过一次再别离，那么，再长久的一生，不也就只是，就只是，回首时，那短短的一瞬。

　　爱，那么短，而回忆，却那么长。这短短的一瞬，会在不经意间刻骨。如果没有失去，人就不会懂得珍惜，如果没有感受到甜蜜幸福，也不会为分别痛苦。

　　你说我是船。你以灼热的胸口贴紧我面颊，我怎么能不痛痛快快地哭出淋漓尽致，把你湿成大海，有多少水就有多少柔情。再用我仅有的一生，生出一万簇红唇，吻你成唇印斑驳的海滩，你的存在便是我的坦然。纵使沧海之外更有沧海，我是一只倦游的船，我要——搁浅。

　　从此不愿再远行。此行的终点已站着你。这之后，没有什么不能失去。

　　如果望不见你，这扇窗，用来做什么？等远行的你最后一次回眸，我就掩上它。风景为全世界的眼睛而生，我只为你。

　　一次真爱就是一场生死。

　　我想以整个的生命为绝望的爱情殉葬。

　　是你把我移植到焰火人间，种在你玫瑰色的温柔里。我怯怯地步向这生命转弯的地方，如履薄冰。柴米油盐，七情六欲，灶小恰喂两人，竹影斜过纱窗。

　　当我把对你陌生的部分渐渐弥补整齐之后，才知道有时只拥有一朵花，已然胜过整个花季。此心已足。

　　谁能测量出十七岁与七十岁爱情浓度的差别？就算死神逼近，我们不流泪，没有爱情到达不了的距离。还在乎什么生死离别，在初识时已经不朽，爱情与四度空间等长。

我害怕，你说你也喜欢我

03／这是个流行分离的世界，但我们都不擅长告别

分别得太突然，我们来不及告别。
这样也好，因为我们永远不告别。

动情时分 ○○○○○○
EMOTIONAL MOMENT

　　再见面时，她牵着一个三岁左右的孩子。而他的胳膊上却挽着一个年轻漂亮的女孩儿。

　　"你，过得好吗?"他先开口。

　　"嗯，很好，你呢?"她也问。

　　"我，也很好。"他答道。

　　男人笑道，伸手摸了摸三岁小孩儿的头。女孩儿也大方的和她握手。

　　然后，各道一声珍重。只是各自的路上，那孩子和女孩儿都问道：

　　"小姨，他是谁啊?"

　　"表哥，她是谁啊?"

≈≈≈≈

人生中，我们总是在不断地告别，不断地说再见。这样的告别每天都在不同的城市、不同的角落演绎。有些告别只是为了下一次更好的相见，可有些告别却成了永远的再也不见。

要过多少年，我们才能将激荡的感情收起，变得缄默从容，告别富于挑逗的美好，告别脆弱的精致，告别无用的敏感？不会再遇到风吹草动，就草木皆兵，而是变得茁壮，哪怕被误认为是倔强。

我们害怕岁月，有时竟不知道活着是为什么。当爱情突然来临，快乐便像小鸟，啁啾于枝头；当爱情突然有一天远走，谁又能告诉我，是否该默默承受？

缘起缘灭，缘浓缘淡，也许真的是有些人注定被等待，而有些人注定要用一生去等待某个人……不知道从什么时候开始，我习惯了这样孤寂，静静地品味曾经。心，也便在袅袅音韵中氤氲。

总有那么几首歌，听着听着就会悄然泪下，总有一些故事，想要去用笔记录，总有一个人，让你一生难以忘记。

月色迷人的夜晚，朦胧的灯火，孤独的星辰，如此安静的环境，总是会让自己的思绪飘到很远。

每个人的心目中，总有那么一个人，因为太多的理由，太多的放不下，会想用一生去守望。会想起很久没有再翻的一本书的某段故事，会想起很久没有联系的某位朋友，会想起让自己心动过，又心痛过的他。

不管多美的风景，走远了就会轻易变得模糊，可是一些感动的故事，却可以在心里沉淀，不管岁月如何流转，还是那么清晰。

人其实很害怕遗忘，可是还是会忘记一些人，也在不断被别人遗忘。

会忘记的人，也许本来只是匆匆过客。难以忘记的人，往往和爱情相关。如果是曾经让自己动心的人，哪怕只是一次相遇，就在心田深深扎下根，一直在心里缠绕，不管经过多少山河变迁，仍然有着刻骨铭心的记忆。

如果一生都是在怀想一个人，不知道怎样的况味，想必有着甜美的记忆，也有回不去的酸楚无奈。

选择去忘记一个深爱的人，忘却曾经的忧伤，忘却遗憾。想要忘记也许未必是薄情，只是想用悠然轻松的姿态去面对未来的时光。

　　有些人，只能看着他渐渐离开，你不敢去打扰，也不会去打扰。有些人，你走不到他的生命里，错过了，就回不去了。有些人，你会偶尔想到他，然后笑了，你无法挽留，因为没有勇气。

　　当一切都散场的时候，就觉得自己不重要了。你的生命里已经有了人，我又怎么能走得进去？我们之间，从陌生到熟悉，从相爱到陌生，始终都保持着一颗心的距离。我们都很默契，都不会走进彼此，都选择沉默和祝福。

　　或许这样的我们都不会觉得难过，都不觉得亏欠了谁。

04／爱不是谈来的，
　　　　而是坠入的

> 恋人之间总会说很多无聊话，做一些无聊事，幸福就是
> 有一个人陪你无聊，难得的是，你们两个都不觉得无聊。

动情时分
EMOTIONAL MOMENT
○○○○○○

　　他看见她在站台上用手语和一个孩子交谈，那知性优雅，使他对她一
见钟情。他于是走近她，礼貌地用手语比画着问路，久而久之，两人相恋
在无声世界。

　　其实他会说话，他不顾家人反对要与她在一起。求婚时，他抱住她自
言自语地说："我爱你！"

　　"你会说话？"她清楚地说出这句话！原来那天她仅仅是给那个聋哑
孩子指路。

≈≈≈≈

　　拥挤的世界，薄凉了谁？邂逅的悸动，温暖了谁？相遇的命运，填补了谁？嘈杂的回忆，荒芜了谁？而我祈求的，只是安静的午后，在转角的街口处于熙攘的人群里，遇一人，只一眼，便甘愿倾心。

　　日子静静的，静得可以感觉到呼吸带来的律动，时光轻盈柔和，夹杂花语的曼妙，轻捎花蕾的瓣瓣香醇。总是喜欢在这样的时光里缅怀过往，沉淀过往的尘埃。也总是喜欢静静的，在这样的日子里，掐指细数那些生命里的过客，默然，泪流。

　　回头看来时的时光，熙熙攘攘的世界里，来人走走停停，像极了零落的叶片，树不曾挽留它，风也不会眷恋它。

　　偶尔驻足停歇，在回忆里留下一张干净阳光的脸，却在一眨眼间消失，我试着去问候，才发现你早已转身离去，只是不经意间地，在生命里遗留下了一道光，从未触摸，却感觉好像时刻都陪在我身边，只是那么近，却要那么远。

　　都有过几场幸福的场景，都有过三三两两的际遇，因为遇见了一些投机的人，才会觉得相见恨晚，关心、呵护挤兑了人情冷暖，以为这就是想要的人，于是过分依赖、过度满足。

直到有一天，他离开了，悄悄地，没留下任何线索，却把你认为是幸福的归宿拉伸到了天涯之外。

那感觉像极了两个异地漂泊的孩子，迎风而立，悲哀地凝望着，却终究触碰不到彼此。

我们无法在相遇的天空里自由地飞翔，只是让相遇后的场景成为彼此疗伤唯一的温柔地，也自私地，用相遇后的美妙取代了曾经的阴霾。

而遇见你，只因夕阳记错了落山的地点，我瞳孔里的视野，从此只有了你。还是那首小诗的情结，见或不见，我都会在这里等你；牵或不牵，我都在原地爱你。

落叶虽然不懂秋天的絮语，却懂归根的真谛。雪花虽不懂红梅的情意，却终究融化了身体衬托红梅的艳丽。而遇见你，虽然没有花香满径的场景，没有情深意浓的浪漫，却成了我生命里最绚丽的笔记。

柔风轻拂着月夜，一页泛黄的书笺书写着与你的相遇。该有多柔美，岁月用你的温柔在我心头溅起涟漪，该有多陶醉，旋律用你哼唱的小曲谱写我心间软语。

对你的思念成了我心湖湾里一艘摆渡的小船，那弯弯的船舱装满了我真挚的情感，真切的，温柔的，细腻的，冷漠却不失霸道的，满满地向你驻足的方向泅渡。

喜欢在花的絮语下聆听你，聆听纷纭的情愫，解读你过往的故事。用我即将风干的笔墨为你写一纸细腻的情话。你可曾留意，那满山的鲜花早已因为你的停留为山留香，你可曾留意，那婀娜的蝶早已因为你的到来飞舞印记。

遇见你，惹一世花开，遇见你，便是今生最美。

05 / 谢谢你在我们走散的时间里，发了疯地找过我

> 如果我看过你看过的世界，走过你走过的路，是不是就能，更靠近你一点？

动情时分 EMOTIONAL MOMENT ○○○○○○

男孩儿和女孩儿很小就相识，男孩儿一直喜欢女孩儿，而女孩儿一直觉得男孩儿太幼稚。长大后各奔西东，女孩儿了有了心仪的人，而男孩儿却在满世界打捞女孩儿的消息。男孩儿喜欢听到女孩儿的消息，他希望女孩儿幸福，女孩儿的脸上挂满笑容就是他最大的满足。

女孩儿和他心仪的人分手后，男孩儿很快就出现了，因为女孩儿需要安慰。对于失恋的女孩儿而言，男孩儿的出现无疑是最好的疗伤药。可是，没过多久，女孩儿再一次以男孩儿太幼稚而逐渐疏远了男孩儿。女孩儿对男孩儿说了很重的话，然后头也不回地消失了。

后来，在男孩儿的婚礼上，女孩儿出现了，当然新娘不是她。男孩儿变得稳重、成熟。见到女孩儿时，很认真地说了一句："好久不见。"那眼神里，有一些女孩儿读不出来的消息。再后来，女孩儿才从男孩儿的朋友那里得知，在女孩儿消失之后很长的时间里，男孩儿曾经发了疯地找过她。

≈≈≈≈

　　如若，不曾相遇，我们便没有了这场飞花般的别离。

　　如若，不曾相遇，你在我的生命里，只是一个未曾经过的站点，我不会在里面欣喜地小憩。

　　如若，不曾相遇，我还是我，你还是你，我不会相信生命里会有奇迹。

　　我曾经幻想过有一天，你会找我。于是，我时常坐在上了年岁的大花皮树下等你，也曾偷偷地在夜深人静的时候翻阅我们在一起时的记忆，也曾站在楼顶向着你所在的方向感触良多。只是，那些都是曾经。

　　于是我决定逃离，因为我不知道，我们算什么关系，我能以怎样的身份留在你身边。朋友，同学，还是恋人？我曾花了好多时间，在这些关系里冥思苦想，终不得解。我花了许多时间，喜欢你喜欢的人，做你喜欢做的事，看你看过的电影，走你走过的路。于是，我在这些跟随你脚步的路上，迷失了我自己。

　　既然，我们不是恋人，在不在一起又有什么关系。虽然，会舍不得那小城的烟雨，放不下那青石板的小巷，忘不了那烟雨小城里的你。既然，我们相伴十年都成不了恋人，离不离开又有什么关系？

后来的某一天，听说你在某个地方。更换了一切联系方式的我，竟然在不经意间，仍能听到关于你的消息。

听说，你假期会到古城里游玩。远方的我，毅然奔赴而去。我不知道为什么。

我经历长达数十小时的辗转奔波，一路由北向南而来，在车上吐得昏天暗地时，我一点也不难过。只因为，我正在一点点走向你，靠近你。

靠近你，比什么都美好。不知道为什么，我此番千辛万苦而来，却并没有想要遇见你的打算。我在长长的青石板路上徘徊，我游走于林立的特色小店之中，不刻意去搜寻你的身影，只是有时会不由自主地想象，你是不是也曾走过这条街，你是不是也曾进来过这个小店，你是不是也同我一样，坐在这个位置，静静的欣赏这里的灯火阑珊。

古城很小，可是，我们自始至终都没有遇见。其实，我不难过。你我，终究是缘浅。我想，来日方长，该遇见的终会遇见。

再后来，我遇见久别重逢的同学。从他口中听闻，你曾

经发了疯地找过我，听说后来的你风生水起，听说后来的你
有女生向你告白，听说后来的你们真的在了一起。

我想，有些人，是注定要错过的，比如你。

但是，我不会再难过了，因为我知道，那时的你，曾经
发了疯地找过我。

06 / 最美的时光，
是被你感动着的日子

> 如果我原谅了你，不是因为我听了你的解释，而是我仍然爱你，被你急于解释的样子感动了。

动情时分 EMOTIONAL MOMENT ○○○○○○

　　他俩吵架了，谁也说不服谁，最后用猜拳的方式决定对错，输了就要道歉。

　　当女孩儿伸出剪刀的时候，男孩儿才缓缓的摊开手掌，那是一块大大的"布"。女孩儿愕然。

　　男孩儿轻轻地说："不管怎样，没有你，我就真的输了。"女孩儿眼泪无声的滑落，垂落在男孩儿温暖的手心里。

　　爱情和计较，你只能选择一样。

≈≈≈≈

　　一把伞撑了很久，雨停了也不肯收；一束花闻了许久，枯萎了也不忍丢；一种爱得不到天长地久，即使青丝变白发也在心底深深保留……

　　幸福，不是拥有一个人而是记住一个人。一辈子有多长谁也不知道，缘分有多久没有人能明了，这条路有多长并不重要。

　　就算陪你走不到天涯海角，我也珍惜和你在一起的每一分一秒；我会好好珍藏我们的这一段美丽情缘，我会好好保存我们曾经拥有的温存。

　　有时想起那个离开很久的人。希望他是好好地，过着比我幸福的生活，比以前和我在一起的时候更幸福的生活，否则这场离散便没有任何意义。

　　那个寒冷的凌晨，你站在我的家门外。在我们激烈的争执之后，你苍白疲惫的脸，我一直记得。

　　累了，都累了。虽然都很想在一起走下去，但是这段爱情，终于没有任何出路。

　　有一次我梦见你，在阳光灿烂的山顶，你看着我。还是

我害怕，你说你也喜欢我

我喜欢的那个英俊沉默的人，但是我知道，这一生，不会再有你。

我们无法给彼此一生那么长的陪伴，你伸出手，看着我象一只鸟停下来，然后飞走，而我并不不知道自己可以飞到何处。我只是随着风的方向漂泊，颠沛流离，而内心是寂静的。终于原谅和接受了一切命运的无常。

全世界最幸福的是我，因为我把你记住了，因为我曾与你相遇。

如果前生的五百次回眸才换来今生的擦肩而过，那么前生我们回眸了多少次才换来今生的相遇相知？我不知道木棉花能开多久，是否值得去等候；我不知道流星能划滑落多久，是否值得去追求；但我知道——我会记住我们曾经拥有过的精彩，曾经相聚、相亲、相爱！

梦，虽然不够漫长，但我们还需要梦想；情，总让人受伤，但我们都念念不忘；雨，下的再漂亮，但我们还是喜欢阳光；你，虽然不在我身旁，但从未将你遗忘。

有时候幸福来得太快会让人措手不及，有时候幸福来得太慢会让人孤独彷徨。如果幸福还握在手中，那就将它牢牢把握手心，呵护珍藏。

　　世间情多，真爱难说，曾相惜的一段情，不要说真爱无情，至少，我们曾相遇相知，至少，我们曾相恋相思；有缘无缘，一切随缘，曾相牵的一双手，不必说不堪回首，至少，我们曾相偎相依，至少，我们曾相伴相拥。

　　人世间真真假假，你你我我，谁又知道最后结果？

　　爱是一种感受，即使痛苦也会觉得甜蜜；爱是一种体会，即使心碎也会觉得幸福；爱是一种经历，即使破碎也会觉得美丽；爱需要勇气，一种不怕痛的勇气，于是告诉自己，即使是无疾而终，也是一种美丽。

我害怕，你说你也喜欢我

07 / 落寞的心，
是你流浪过的地方

你笑了笑，我摆一摆手，一条寂寞的路便展向两头了。

动
情
时
分 ○○○○○○

她招手拦了出租车，上车后发现开车的是他！

十年前，他们是亲密的恋人。

她在父母的压力下选择了分手，从此在同一个城市从未相见。

"你好吗?"

"我很好，你呢?"

"我也好。"

她看到了他手上依然戴着她送的手表；他在她下车时，听到了她背包上那个小铃铛清脆悦耳的声音，那是他送给她的。

≈≈≈≈

在同一个世界里，你来了，我来了，不早，也不迟。在同一朵云彩下，你看见我、我看见你，不远，也不近。你就在那儿，有树有水。

我没有找你，我碰见你了，我没有想你，我看见你了。我看见你了，你还能往哪儿跑呢？你是我今生今世最大的意外。这不是在梦里，也不是在画里，你和我携手同行，走进落日与大地的亲吻。

天地如此宁静，我听见了，我心如此感恩，你听见了吗？你就说吧、说吧，今晚我住在哪儿呢？瞧你的长发森林、你的明眸流水，都是我的家。

不爱一个人，可以有一万个理由逃避责任、逃避对未知生活的恐惧，但爱一个人，只有一个目标：想跟对方在一起，只是想在一起，就那么简单。

我要去有你的未来，不管要面对多少困难。如果那儿没有你，我的未来毫无意义。

不知道是对是错，不管它是对是错，我只想和你在一起，一起等太阳出来。没有水，你是我的水；没有粮食，我是你的粮食。我们自始至终相信同一个神，热爱同一个命运，因为啊，爱上你。

如果有时候，我会沉溺于欢乐，请原谅。我不是故意的，你想想看，当春天来了，漫山遍野都开满五颜六色的花儿，我又能怎么办呢？还有干净的石头，清澈的水，阳光也是刚刚流出来的，你一碰就响。

不，小心些。请不要相信，我现在对你说的话儿，因为它真诚见心，所以易变。

如果是真的，请告诉我，如果不是真的，请告诉我。你知道的，你知道的，我就像一只小虫碰到了阳光，我的幸福也小心翼翼。因为啊，过往的岁月教会我，人的一生中有一个字，是冷，是彻骨的冷。所以我会在星稀的冬夜，点一堆火，慢慢想你。

累的时候，有个地方能睡；饿的时候，有点东西能吃，这多好。我怎敢要求太多。

寂寞和美好让我们相遇，然后是生存把我们分开。当你的背影住在我的泪中，你告诉我说：生活是为了改变生活。

是啊，在生活中，想象出来的路就能走吗？而当大雪飞过那个小镇，我哪儿都不去，我将想你，在零度以下，想你是一种温暖，是我的幸福。

是不是神怕我们不小心弄脏了爱情，所以只让我们看见它，只让我们亲它一小口，便珍爱有加地收回，然后要我们在这艰难的人间，找一个能相依相守的人，恩恩爱爱，建筑家园？

如果真是这样，那么，当我在世界的尽头遇见你，你怎么说呢？当你就在那儿我不喊你，如果你也看见我，而我走过去，你还能否如初次那般微笑，对我说："嗨。"

结束了，画个句号，像一滴泪。

握你的手，最后握你的手，再松开。一松手，就是千里之外。

08 / 被你喜欢过，
就很难觉得别人喜欢我

> 在我缺乏自信、懵懵懂懂的年纪，被你喜欢过，我充满自卑和寒冷的内心多了很多温暖。被你喜欢过，我觉得世界更美好了。

动情时分
EMOTIONAL MOMENT
○○○○○○

"你这辈子说过的最自私的一句话是什么？"

她问在一旁沉思的他，他是个喜欢沉思的男人，这是她爱上他的原因，也是她讨厌他的原因。

他沉思的时候，常常忽略她的存在。

"最自私的一句话吗？"他停下沉思，转头看她，想也没想地说，"你是我一个人的。"

≈≈≈≈

　　一个人行走在喧嚣、熟悉的街道，所有的一切依然，只是我的身边少了你的身影。从说再见的那一刻，似乎有很长时间没再见到你了，因为我用了很长的时间去忘记那段时光中的你和自己！

　　我不知道，与你已经有多少年没有相见，我也不清楚与你之间的距离有多长，我只知道，你转身而去的身影留下的只是我不停息的伤痛，在那个夜晚，在那晴空的夜晚，心底泪雨滂沱。

　　有的时候我很固执，固执于自己无悔的选择，面对你的黯然的心情，不曾有一句过多的话让你留下。天很宽广，地界无边，我的思念何曾有终点，一切只为你而无尽思量。

　　有多少年了，你离去的影子依然在我的心底奔流；有多少年了，我还记着你对我说过的话；有多少年了，我还记着你抿嘴一笑的灿烂；有多少年了，我还是这样把你来深深地怀念。

　　而此刻，你已经在远方，即便可以丈量出与你的距离，但心的距离却更遥远。此时，我只能在这夜色渐深的夜里，和着细雨、和着颤栗音乐节拍，继续对你温情地回味。

我害怕，你说你也喜欢我

　　谢谢你曾来到过我的世界里，遗憾的是你还是离开了！
但我相信，你喜欢过我，就已经足够了，能让我的生命在你
记忆之中流浪。

　　曾经，喜欢一个人可以很简单、很简单，简单到只是一
起散步、一起聊天，却连手都不曾牵过。曾经的喜欢也可以
那么刻骨铭心，可以省吃俭用，以期为对方买礼物，可以把
对方的抽屉塞满信笺，可以彻夜不眠只为等对方一句晚安，
可以为了能和对方去同一座城市而奋斗。

　　而现在，每个人都开始患得患失，喜欢一个人会想很多，
会害怕付出、会担心失去、会觉得丢脸、会处处算计、甚至
会为了伟大的前程斩断这情丝。那些青春的"幼稚"就被世
俗淹没。

　　如果再给我一次机会，我会去试着在最开始的时候接受
那些最美好的幼稚，谢谢那些喜欢过我的人，也谢谢我喜欢
过的人，如果没有那些部分，青春还有什么可以值得怀念
的呢？

　　暗恋是感情中最美好的部分，但也是最伤痛的部分，那
些喜欢更耐得住考验，有时候变成一种习惯，我会忘了我是
喜欢你，还是爱上了喜欢你的感觉。

　　我会默默喜欢你很久很久。久到有一天，我发现我改掉了这个习惯，久到有一天心疼我的人出现。

　　谢谢曾经为我笑过、哭过的大男孩儿，因为，以后我不知道还会不会有这种际遇了，因为被你深深地喜欢过，所以任何人的喜欢都不那么容易打动人了，所以，我只好学着去喜欢别人。

　　谢谢你喜欢过我，谢谢你让我知道了，被自己喜欢的人喜欢是什么感觉。

　　谢谢你愿意喜欢我，谢谢你愿意在乎我这个丑小鸭。更谢谢你给我的回忆，我这辈子也不会忘记的。

　　如果那时候的我们有一个人先开口了，结局也许就会不一样了，可我们谁也没开口。

　　这也许就是命中注定吧，上天希望我把这段时间当做最刻骨铭心的记忆，深深地埋藏在自己的回忆里。

　　也许，正是有了这份刻骨铭心的曾经，所以到如今，别人的喜欢，也不觉得那么欢喜雀跃了。

09 / 你一走，
我的城就空了

> 喜欢你的人很多，不缺我一个。我喜欢的人很少，除了
> 你就没了。

动情时分 ○○○○○○

热恋时，男孩儿背着女孩儿，女孩儿问男孩儿："沉吗?"

男孩儿答："整个世界都在背上，你说沉不沉? 对于世界来说，你可能只是一个人，对于我来说，你就是我的整个世界。"

后来，女孩儿和男孩儿分开了。再后来遇见时，女孩儿问男孩儿："好吗?"

男孩儿只说了一句："好坏已经不重要了，你一走，我的城就空了。"

如果不能住在你心里，都是客死他乡

≈≈≈≈

你说，在最初相遇的路口，如果我转身，便不会有这样那样的事情发生。关于这场遇见，你还是后悔了。

你爱上一个人，没有预期地，没有理由地。我心里清楚你的坏，你对我的不在乎，却依旧自己骗自己。从此我游离在你的世界之外，活在你的谎言里。你无处不在，在我的思念里，在我的文字里。

你让我相信这就是完美的爱情，然后，有一天，我突然发现，这种完美太过脆弱，所谓的完美，其实少得可怜！

也许，你的世界我只是来过，也许，红尘中注定只能陪你走一程。

一生中，我们会遇到很多人，从陌生到熟悉，从相知到相忘，一个简单却又无奈的过程。犹如花开花落自有时，春去秋来无须问。不去问为什么你要离去，亦不再关注你又遇见了谁，爱上了谁。

最初的爱在日复一日中逐渐被稀释，无情的岁月把过往中美好回忆洗涤得苍白，曾经的美好地像一朵开到荼蘼的花，蹉跎着旧时光，原来，一切的放不下，只是自己折磨自己罢了。

我害怕，你说你也喜欢我

是你无心，还是我多情？是誓言太轻，经不起岁月的辗转，还是爱情原本就是一场撕心裂肺的旅程？有些人，究其一生，都无法明了。

恋恋红尘路，有些人，陌路便不再相见，互不打扰。天涯与海角，此岸与彼岸，终究是一条无法逾越的沟壑。

如果寂寞与孤单对弈，如果时间与爱情赛跑，谁输？谁赢？我想，缘来缘去，都是一场没有结局的赌注。

也许时间之于爱情是一副良药，之于我心是一种解脱，它让原本熟悉的变陌生，疼痛的沦为麻木；最后的最后，一切又归于平静。

那些相依相偎缠绵悱恻的昨天，那些温暖又美好的过往，那些惊艳了一段岁月的感动，那些发生在短暂时光中的小浪漫，那些因为爱情卑微着低到不能再低的情愫，如今，都随窗外的片片落叶，零落成泥碾作尘，再也无法找寻它们来过的痕迹，也许，只有这些零落的文字知道，也许只有路边光秃秃的枝丫知道，它们曾刻骨铭心地来过。

经年以后，再忆起，是微笑，还是沉默？只是，不知道，那时的眼眸会不会流出此刻的泪。

| TWO | 我只是怕，
惊动了　爱情

○ ○ ○ ○ ○ ○

　　到哪里找那么好的人，配得上我明明白白的
青春。到哪里找那么对的人，陪得起我千山万水
的旅程。可正因为你那么好，我才害怕，害怕惊
动了爱情。有些人，因为不想失去，所以，绝不
染指。

01 / 喜欢你这件事，
我自己清楚就够了

> 喜欢是一个人的事，而爱情是两个人的事。所以，我喜
> 欢你，这是我自己的事，与你无关。

动
情
时
分 ○○○○○○
EMOTIONAL MOMENT

女孩儿跟男孩儿是同桌，女孩儿不知不觉喜欢上了男孩儿，可是男孩
儿已经有喜欢的人了。女孩儿却依旧关注着男孩儿，帮他看老师、记笔
记，甚至帮他跑腿买吃的。

有一次，女孩儿问男孩儿："你最喜欢的东西是什么？"

男孩儿开玩笑地说："天上的星星。"然后自己咯吱咯吱地笑了。

女孩儿却当了真，她每天都会抽空叠一个纸星星。临毕业的时候，女
孩儿把一大盒子的纸星星送给了男孩儿。

男孩儿接到星星后很是感动，便问她："你喜欢我吗，为什么你不跟
我说呢？"

女孩儿害羞地说："喜欢你这件事，我自己清楚就够了。"

≈≈≈≈

　　能够称得上爱情的，是一种深沉的情感，它是一种静静的付出，默默地相守，无言地挂念，深深地祝福。

　　很多时候，爱是一种不能表达的情感，翻涌的激情在胸中澎湃，但是你只能任浪潮汹涌而来，而后待它静静消退；万千的话语在口中即将喷涌而出，但是你只能嚼碎了咽进肚子里，让一切消逝于无痕，那是一种，只有自己才能体味的辛酸。

　　或许有时你深爱一个人，但是你永远都不会说，不能说。

　　爱这个人，没有任何的理由，只是你恰巧遇到了，就喜欢了，喜欢他，不是因为他仪表潇洒，不是因为他才气逼人，也不是因为腰缠万贯，更不是因为手中权势显赫，至于为什么喜欢，你无法给自己一种满意的答案。

　　但是，你知道，你就是喜欢他，即使是与全世界为敌，你都会选择义无反顾地喜欢他。

　　惦念这么一个人，但是你不能说出口，你不能破坏他的安宁，你不能随意改变你们之间的关系。

　　伤心的时候，你希望他知道，分担你的痛苦，但是你一

我害怕，你说你也喜欢我

字不说；高兴的时候，你希望他分享你的快乐，但是你只是安静地看着他匆忙；走在街上，你问自己，是否他也喜欢这样温暖的阳光；听着歌曲，你问自己是否他也喜欢这样的忧伤缠绵；在你出游的时候，你拍好多图片，希望他能够看到你看到的美景……

　　但是你从来不曾说出口，他也从来不曾知道。喜欢他，只是你一个人的事情，只是你的秘密。

　　惦念着他，你关心着他的一举一动。他的微笑能让你感到温暖，就像曾经小时候的玩伴给你的玩具。

　　你付出你的所有，却不要他一分的回报。爱他，只是你的事，你从来不曾要求他也这样爱你，这样去惦念你，这样去尊重你，甚至很多时候，他会在不经意间伤害了你。

　　正像人们说的，人们喜欢深爱着那些伤害自己的人，却总是伤害那些深爱自己的人。你，也不例外。

　　你就这么安静地爱着他，也许他不知道，平静地、安心地离你远去。你注视他的背影，很想将他挽留，但是你说不出口。他已经远去，你无法转身，常常想起和他在一起的点点滴滴的小事安慰着自己，故事温习一遍又一遍，但你不觉得陈旧，相反，每每想起总是回味无穷，微笑漾上嘴角。

　　终于日历一天天泛黄，时间的流水慢慢带走你的温柔，很多年过后，某个冬日温暖的午后，你站在阳台暖暖的阳光里，想起他，想起他的点点滴滴，你的心底依然泛起温柔，甚至可能会模糊自己的双眼。

　　你很感谢，感谢生命里有这么一个人，曾经让你为他伤感、为他欣慰、为他落泪、为他停留，你庆幸自己从来不曾说出口，从来不曾说出口的你的深沉的、纯洁的、久远的爱恋。你忽然觉得，生命里因为有了这么一个人，这么一种情，从而脱离了尘世的流俗、显得高雅、可爱了许多。

　　亲爱的，你的生命里是否有过这么一个人？有过这么一种情，长久地温暖过你？

我害怕，你说你也喜欢我

02/

我只是怕，惊动了爱情

> 跟某个人第一次见面的时候，你会因为害羞而不说话，还是因为害羞所以不停地说话，然后又恨那个因为不停说话而说了很多蠢话的自己？

动情时分
EMOTIONAL MOMENT ○○○○○○

男孩儿问女孩儿："你觉得我们两个像什么线？"

女孩儿回答说："平行线。"

男孩儿说："哦，我以为是相交线。"

多年后，男孩儿结婚前，他问女孩儿："你可找到了你的相交线？"

女孩儿回答说："我只要平行线。相交过后，是远离，终有一天是海角天涯的距离，而我贪心想要不散的筵席。不远，不近，留点空间；不离，不弃，携手一生。"

≈≈≈≈

我喜欢你，但我不追你，因为我怕，惊动了爱情。

谢谢你，能够这样默默地活在我的心里。在我心里为你安放着干干静静的地儿。我不想伤害你，所以我一直对你是小心翼翼地，就是怕"碰落了花，融化了雪"。

因为只有你，是我唯一一个从一开始就只能够偷偷爱着的人。你在我心里永驻，所以就算你知道了我喜欢你，也不要因为这个而变得冷漠……

我们还是好朋友，不是吗？

不敢惊动爱情，生怕爱得潦草，生怕失去，生怕握得太紧，又生怕握得不够紧，所以有时候，宁愿站在墙外面窥探，还以为这样可以不伤害，也不被伤害。

有的遇见，没有下一次，没有机会重来，没有暂停继续。有的遇见，错过了现在，就永远永远的没机会了。只是因为太年轻，所以所有的悲伤和快乐都显得那么深刻，轻轻一碰就惊天动地。

我很想知道，当我的名字滑过你耳朵，你脑海中会闪现些什么。人到了晚上都是感性的动物，会想很多事，而且多半是痛苦的，这种情绪控制不住，轻轻一碰就痛。生命中总

我害怕，你说你也喜欢我

有那么一段时光，充满不安，可是除了勇敢面对，我们别无
选择。

　　记忆就像倒在掌中的水，无论你是摊开还是紧握，它都
会从你的指缝一点点地流淌直到消失。所以多年后，那个骑
着单车载你回家的男孩儿，那个对你撒娇对你笑的女孩，如
今却依偎在另一个人的身旁，用同样温柔的声音诉说着天荒
地老，坚贞不渝。

　　而最后，执子之手与子携老的那个人，只不过是你想要
安定下来时，从你身边匆匆的路人，你轻轻地拽了一下他的
衣角，他轻轻地回头，一个转身，就这样扶手相携的一辈子。

　　所谓尘世的繁茂与荣华，喧嚣与静沉，都敌不过现实给
我们开的一个玩笑而已。那么，把爱情这头猛兽用铁链紧紧
地拴在心里吧，纵使它怒吼咆哮，纵使它凄声哀求，都千万
不要打开兽闸，它会慢慢安静下来，最后睡死在心里吧？

　　嘘，别惊动了爱情。

　　其实，我想我应该是怕爱情的。我怕爱情，在看过了那
么多的悲欢离合之后，害怕和一个很好的人，形同陌路。

　　我害怕爱情，还因为我不懂得爱情。爱情难道是廉价的？

否则怎么那么多人分分合合。或者爱情很昂贵，否则怎么那么多人愿意倾其所有，前赴后继！

　　每个人都有着独自的理解，不过，没遇到那个对的人，我始终是害怕它的。

　　嘘——别惊动了爱情。对的时间，对的人，它定会来到你身边。

03 / 哪里会有人喜欢孤独，
不过是不喜欢失望

> 我只是在害怕而已，害怕重新体验那种付出而得不到回
> 报的落寞心情。

动情
时分 ○○○○○○

女孩儿半开玩笑地问男孩儿："听说你最近谈恋爱啦？"

男孩儿一脸严肃地说："没有啊，你听谁说的"

女孩儿答："我听我自己说的，你要是没恋爱，为什么最近像消失
了一样？"

又一次，女孩儿和她的闺蜜在逛街，突然听说他出差的城市要降温，
就赶忙把电话拨过去。

第一次"嘟"声响了五秒，电话就挂断了。

第二次"嘟"了两秒，电话又挂断了。

女孩儿用闺蜜的电话第三次拨过去，电话那边传来了：

"喂，你好，哪位？"

≈≈≈≈

　　我还是决定要走了，静静地走出你的世界，回到我原来的寂寞空间里，就当你我不曾相遇，就当我不曾经走过你的世界。

　　我曾经对你说，永远不离不弃，但今天看来这句话真的好无力。往日的一切还在眼前浮现，说过的话还在心里缠绵，但我却是不得不去了。

　　我要去面对孤独，其实我是在逃避失望。一向是一个情感明朗的女子，爱恨在心底都一目了然。

　　走在春风里，走在阳光下，但我的身上却裹了一袭苍凉。我清晰地看见自己的心憔悴成了一只屏息的蝶。任流淌在时光里的阴霾犀利穿透我脆弱的翅膀，我却是无力凝聚自己的力量完成最后一次的飞翔。我分明听见低低地饮泣声，穿透我的胸膛。

　　就让无情的风肆虐撕扯我的躯体吧，就让我伤痕累累的灵魂在流转的时空里颠沛流离。

　　在这个春暖花开的季节里，我却要把自己拘禁在伤心地，拒绝一切的温暖，拒绝所有人的怜惜，我眼睁睁地看着自己的灵魂停止呼吸，苍白的喘息摩擦羽翼坠落的轨迹，飘落一

我害怕，你说你也喜欢我

地凄凉的叹息。

亲爱的，我走了，就这样静静地离你而去，悄然从你的世界销声匿迹。

莫要怪我无情，实在是我的心承受不住如此沉重的一份情。真的，不是不爱，只是它太纯粹了，我害怕一不小心就打碎了它。

曾经以为爱是世上最纯净美好的一种情感，所以它是不能被俗世的尘埃所玷污。如果我的爱激发了我灵魂深处那些不美好的东西，比如嫉妒，比如猜疑，比如迷失……那我还不如不爱。

现在我只想做回以前那个单纯明朗的自己，不再让你的一举一动牵扯我不安的思绪，不再让你的喜怒哀乐撕扯我脆弱的神经。

我累了，我倦了，不想再去追逐那个虚无缥缈的梦境，只想把握现实生活里那一份真实的安然。

这一句离开，无人知道会平添我心上多少的无奈。这一句分手，也不能估量以后的日子会带给我怎样的痛楚，然而，我只能以这样的方式向你挥手告别，轻轻地把往日所有的欢愉悄然放下，默默地转身而去，让泪水静静地滑落。

　　我错了，我错在我偷饮了一杯不属于自己的美酒。还沉醉在酒里，忘了自己是谁，忘了自己是谁的谁。

　　可如今，我却幡然醒悟，不得不放下曾经所有的情深意重，戚戚然走向寂寞天涯。

　　我什么都可以委屈，唯独不能委屈自己的爱情。

　　假如人生不曾相遇，我怎会理解一个人的孤独是那样刻骨铭心，但却可以释放自我的彷徨与无助。含泪的沧桑，无限的困惑，因为遇见了你，才会有更深的意义。

　　可为什么在心存爱意的时候，总伴着无法言说的心伤，假如人生不曾相遇，我不知道自己有那样一个习惯，收集你的欢笑，收集你的悲伤，收集你的一切一切……

　　也许每一个人的年华，都会有一段幸福与悲伤夹杂的过往。

我害怕，你说你也喜欢我

04 / 唯一有效的安慰方式，就是你在我身边

> 我问你在哪里，在做什么，并不是想窥探你。而是想通过一次又一次的答案，拼凑还原出一个我并不了解的你的生活和世界。

动情时分
EMOTIONAL MOMENT ○○○○○○

女孩儿出国了，答应男友修完硕士就回国成婚。男孩儿隔日一信，每周一通电话，不曾间断。

当女孩子发高烧时，他心焦如焚。女孩儿一年多就修到了硕士，但嫁给国外研究所的同学。

女孩子对朋友说："他的好，足够让我感动！但当我在大雪天走出教室，冻得浑身颤抖时，是我丈夫的车，及时停在眼前。"

≈≈≈≈

走着走着，就散了，回忆都淡了；看着看着，就累了，星光也暗了；听着听着，就醒了，开始埋怨了；回头发现，你不见了，突然我乱了。

我的世界太过安静，静得可以听见自己心跳的声音。我在我的城市里为你心动了好久，你在你的城市里无动于衷。

傻气的人，喜欢给心，也许会被人骗，却未必能得到别人的。你以为我刀枪不入，我以为你百毒不侵。

我习惯了等待，但是我不知道，还要等多久，才能看到一个答案，还能坚持等待多久，只为等一个结果。从此，思念变得无力，那是因为我看不到思念的结果。也许，思念不需结果，它只是证明在心里有个人曾存在过。是不是能给思念一份证书，证明曾经它曾存在过？

似乎接受了等待，单纯地以为等待就会到来。但却在等待中错过了，那些本可以幸福的幸福。在失去时后悔，为什么当初没有抓住。其实等待本身就是一种可笑的错误，就像等待着一份不知能否到来的幸福……

或许可以喜欢上很多人，但只有一个人会让人笑得最灿烂，哭得最伤心。但我不明白让我最灿烂的是谁，让我最伤心的是谁。只是心太痛，太痛……之后便不敢爱了，也记不清楚那些斑驳的过往。

曾有一段时间，我喜欢一段音乐，如今听一段音乐，让我怀念那一段时光，怀念那时的小心眼、敏感、单纯和固执。然后，突然想你，不在我身边的那个你。

一个人的漠然，加上另一个人的苦衷，一个人的忠诚，加上另一个人的欺骗，一个人的付出，加上另一个人的掠夺，一个人的笃信，加上另一个人的敷衍。爱情是一个人加上另一个人，可是，一加一却不等于二，就像你加上我，也并不等于我们。

这种叫作爱的情啊……如果你忘了苏醒，那我宁愿先闭上双眼。

你说你不好的时候，我疼，疼得不知道该怎么安慰你；你说你醉的时候，我疼，疼得不能自制，思绪混乱。我的语言过于苍白，心却是因为你的每一句话而疼。

我说我难过的时候，你疼，你疼得着急忙慌地说情话；我说我孤独的时候，你疼，你疼得结结巴巴地重复誓言。

可是，唯一有效的安慰方式，就是你在身边啊！

爱，得之，我幸，不得，我命，如此而已。

轻吟一句情话，执笔一副情画，绽放一地情花，覆盖一片青瓦，共饮一杯清茶，看清天边月牙，爱像水墨青花，何惧刹那芳华。

其实，不是没有伤，也不是没有痛，或许经历的太多，心，才渐渐学会了坚强。

难挨的季节，就像是素雅的洁净天空，天因为少雨而愈发的明丽高远如你在远方。我们隔着时空思念，思念却不再会安慰；我们眺望远方说情话，声音是那么近，而你是那么远。

对身在远方的你的思念，渐渐变成灵魂深处的蛊，总在不经意间，悄悄爬上心灵深处的晓月眉弯。或许，每个人心中都有一段情，或浓或淡，不近不远，却永远无法遗忘；或许，每个人心中都有一道伤，或深或浅，若隐若现，却永远属于珍藏。

05 / 很久没有晴天的心情，
就像很久没有你的城市

> 有一些人，这辈子都不会在一起，但是有一种感觉，却
> 可以藏在心里，守一辈子⋯⋯

动
情
时
分 ○○○○○○
EMOTIONAL MOMENT

他出类拔萃，她平凡无奇。

她常独处一隅，偷望被众女生包围的他。他不负众望获得异国的高校
录取。她始终不敢表白。听说他不适应新环境，成绩勉强，她担心，但连
问候的勇气也没有。

二人终于在同学聚会中碰面，她结结巴巴地问他："那儿，功课，
很难？"

他笑笑说："不，但那儿，没有你，很难！"

≈≈≈≈

　　有时，只那么一两步，便改变了一个人的一生，这就是缘。

　　有时，缘是爱情的钥匙，也是，现实的枷锁。分开后的第一次见面，我还记得你的微笑，那感觉，就像我们是久别重逢的朋友。

　　我住在这个伤感的城市，而你却在另一个陌生的地方，没有你的城市，我只是一个人享受孤独。我把所有位置，都写上了你的名字，好让我再次遇见你时，不那么惊慌失措。我在整个的天空上，写满了我对你的心事，想让你知道，你听说我喜欢你，那是事实。

　　和你分开后，逐渐懂得，人生有太多的遇见，擦肩而过是一种遇见，刻骨铭心是一种遇见。有很多时候，看见的，看不见了；记住的，遗忘了。无论在对的时间遇见错的人，还是在错的时间遇见对的人，对于心灵，都是一次历练。

　　和你分开后，逐渐懂得，爱是一个过程，只有爱过、伤过、痛过，才会成为一种经历，我们也才更懂得珍惜。所谓的天真，总是历练不够；所谓的成熟，只不过是泪水在眼眶里打转，也还会面带微笑。爱的时候，让被爱的人自由，不爱的时候，让爱自由……

我害怕，你说你也喜欢我

　　和你分开后，逐渐懂得，生命，是一场孤独的跋涉，一个人走，一个人跑，一个人流浪；一个人哭，一个人笑，一个人坚强。一场磨难，是一场洗礼；一场伤痛，是一场觉醒。走过，累过，哭过，才会成长；痛苦过，悲伤过，寂寞过，才会飞翔。

　　和你分开后，逐渐懂得，有些人，注定是等待别人的，有些人，注定是被人等的。一件事，再美好，你做不到，也要放弃；一个人，再留恋，不属于你，也要离开。

　　慢慢地明白了，我就一个人。你来了，开启了我的心门，在我心田泛起涟漪。静静地懂得了，我就一个人。你走了，留下太多的回忆，刻在心底无法抹去。

　　我真的真的就一个人，伴着春风，踏着秋雨，唱着属于自己的旋律，舞动梦里自己的人生。

　　匆匆人海里，你陪着我，我看着你，听钟摆敲击，望星月斗转。从青涩到成熟，从懵懂到明了，一步步，人生的列车按着它的轨迹向着前方行驶，永不言弃。

　　不管是艳阳还是暴雨，不管是和煦还是狂风，我就这么简单的一个人，左手握着右手，默默地听着自己的心声，循着梦的方向迈步。

　　也许你是我的春天，于是伸出双手，轻轻拥你入怀，感受着那份醉人的温度。也许你是我的暖阳，于是依着你宽厚的肩膀，感受到的是无与伦比的爱恋。

　　也许你是我的烦恼，将我的笑容冻结，任由寒冷透彻心扉。也许你是我的伤痛，偷走我的快乐和幸福，让我的生活灰暗一片。

　　最终，在时间的长河里，所有的爱恨都汇聚流入浩瀚大洋，剩下的就这么简单的一个人，带着眷恋，带着思念，也带着回忆，向着人生的下一站前进。

　　有你的城市下雨也美丽，没有你的城市则是冰凉的钻石，闪着寒冷的光，切割所有的心事。

06 / 我们离暧昧很近，
离爱情却很远

> 爱情开始的时候，会把天涯变成了咫尺；爱情结束的时候，又把咫尺变成了天涯。

毕业后 20 年的同学聚会上，男孩儿和女孩儿开心地交谈，陌生的面孔，熟悉的故事，那年，那时，那段岁月。

从抄作业，到借橡皮，还有偶尔的小脾气，最后，谈到他第一次写给女孩儿的小纸条。

女孩儿深情地说"你的橡皮质量太差。"

"嗯？"

"20 年也没擦去那些痕迹。"

≈≈≈≈

我们之间，离暧昧那么近，离爱情却那么远。如果友情是五分，爱情是十分，那么我们的关系可能就是七分或八分。好像过则火，敛则无味，是那种浅尝辄止的味道，有一种欲拒还迎的乐趣。

暧昧是会上瘾的，让人欲罢不能。你的暧昧，会让我陷入梦幻之中，你的欣赏让我多了一份自信！

可是，暧昧也伤人！那么多的不确定性，那么多需要猜测的东西，让快乐中多了一些失落的味道。

其实暧昧是，彼此有感觉，然而，这种感觉不足以叫我们切切实实地发展一段正式的关系。

这种感觉就是：仿佛你缺不了我，我也离不了你，可是我们一旦停止联系了，却各有各的阳光、空气和水分……

我们之间的暧昧，是明白人生有太多的无奈，现实有太多的限制。你知道没有可能，但又舍不得放手。

我们之间的暧昧，是有进一步的可能，却没有进一步的勇气；是一方永远不说，另一方就永远装作不懂。于是一方永远沉默，一方永远装傻。

　　我们之间的暧昧，是你不是我的恋人，但你似乎比恋人更关心我和了解我；是除了情人节之外，其它的节日大家都交换礼物。

　　我们之间的暧昧，是天冷时、感冒时，有一个会在晚上传讯息特意提醒我吃药、多穿点、盖好被、早点睡的普通朋友。

　　我们之间的暧昧，是半夜我睡不着，却可以放心打电话给你聊天的普通朋友。

　　我们之间的暧昧，是当我遇到问题解决不了的时候，你是我第一个会想起的人。

　　我们之间的暧昧，是每当你提及你的另一半时，我会万箭穿心，但我也希望你幸福。我们之间的暧昧，是甜津津、又同时酸溜溜的，往往从未开始，已叫人不安，患得患失。

　　我们之间的暧昧，是常常挣扎彼此关系，我怕透明化之后，既得不到一个情人，却又失去了一个知心好友。

　　我们之间的暧昧，是见不到你时，我会挂念你。见到的时候，又会觉得还好。我们之间的暧昧，是两个人都会互相猜度，你是不是已经暗示了什么，我是不是自作多情?

　　我们之间的暧昧，就像是两人之间多了一层玻璃，无限透明与亲近，但却不是在一起。说到底，暧昧是个美丽的陷阱，让我不知不觉深陷其中。待我发觉危险时，已无力自拔！

如果有勇气打破暧昧，或许会成为一段真正无悔的爱情。但，暧昧始终不是爱情。

两个人再如何的好也不要改变既定的和谐，也别幻想着角色的转换，否则只有痛苦和失望。如果未曾谋面的话，就更不该冒这个险了！

两个人交往得久了，就会把对对方的迷恋感觉当成爱情，其实那是我们很多人都曾经犯过的错误，迷恋只是爱情的初级阶段，也可以说是爱的萌芽阶段，迷恋得太深了，消失的速度也就快了。如果明明知道彼此之间的是友情，那么尽管暧昧也得适可而止，保持着那份友情的距离。

相信每个人都曾有过这样的经历，在和某个人熟识之后，每天的某个时刻就会思念着、惦记着对方，那种感觉和爱恋一个人的感觉好像没什么区别，可是友情里真的会有这样的惦记吗？

我们都明白这样的感觉是我们之间友情的最大威胁，所以我会很好地控制、压抑自己这样的感觉，因为害怕一旦说明，这段友情会随着过分暧昧而离开我们身边。

07 / 有些人，
我们一直在错过

受过伤的人总是能记住生命中出现的每一个人，正如我，
总是意犹未尽地想起你。

动
情
时
分 ○○○○○○

　　他喜欢她很久很久，为了能够多看她一眼，他不惜每天找各种借口去
见她。可是，他一直没能鼓起勇气跟她告白。

　　一年后她要结婚了，在她的婚礼前一天，他喝得酩酊大醉给她打电
话："我喜欢你整整一年。"

　　她沉默不语，接着挂了电话。

　　随后他收到一条短信："我等了你整整一年。"

≈≈≈≈

　　有没有那么一刻，你很希望他知道你心情糟糕透了，你很想趴在他肩上痛哭一场，听他说一些安慰的话，然而他根本没有看出你的沮丧，也没有问你发生了什么事。就在那一刻，你把话吞回去了，他后来再问，你已经不那么想说了。以后的以后，那个想说的时刻就再也不会出现了。

　　有些人一直没机会见，等有机会见了，却又犹豫了。相见不如不见。有些爱一直没机会爱，等有机会了，已经不爱了。有些人很多机会相见，却总找借口推脱，想见的时候已经没机会了。有些话有很多机会说，却想着以后再说，要说的时候，已经没机会了。

　　说好永远的，不知怎么就散了。最后自己想来想去，竟然也搞不清当初是什么原因分开彼此的。然后，你忽然醒悟，感情原来是这么脆弱的。

　　很多的感情经得起风雨，却经不起平凡；风雨同船，天晴便各自散了。

　　也许只是赌气，也许只是因为小小的事。

　　幻想着和好的甜蜜，或重逢时的拥抱，那个时候会是边流泪边捶打对方，还傻笑着该是多美的画面。没想到的是，一别竟是一辈子了。于是，各有各的生活，各自爱着别的人。

常常会在不经意间想起曾经的某个人，不是忘不了，而是放不下。那些不愿再向任何人提起的牵挂，在黑暗的角落里潜滋暗长。

总是在不懂爱的时候遇见了不该放弃的人，在懂得爱以后却又偏偏种下无意的伤害，遇见某个人才真正读懂了爱的含义；错过某个人，才真正体会到了心痛的感觉。

心情烦乱之时，我喜欢一个人独自踏着月色，在虫鸣声中，在风过树梢的舞姿里，温习你的善言善语，让染尘的心灵默默地梳洗。

心情顺畅之时，我喜欢一个人静思，把你的诚挚关怀摄存在花的笑容里，调酿在花的芳香里，流淌在小草的碧波里，妩媚着每一个阳光的天气，灿烂着每一个快乐的日子。

我忘不了你的关怀备至，渐渐地，想你成了一种由然的习惯。

曾经相爱，现在已互不相干。即使在同一个小小的城市，也不曾再相逢。

某一天某一刻，走在同一条街，也看不见对方。先是感叹，后来是无奈。

也许你很幸福，因为找到另一个适合自己的人。也许你不幸福，因为可能你这一生就只有我真正用心在你身上。

我会在不经意间看到你对生活的感叹，会不由自主地从心底送上真挚的祝福，纵此生不见，平安唯愿！

我会想念你，就像想念亲人一般，因为想念时，心里是温暖的，是踏实的，是坦然的，也因为想念你，我更能够感受到生活的色彩斑斓！

生命中有一些人与我们擦肩了，却来不及遇见；遇见了，却来不及相识；相识了，却来不及熟悉；熟悉了，却还是要说再见。那么，请对自己好点，因为一辈子不长；对身边的人好点，因为下辈子不一定能遇见。

如果真的有一天，某个回不来的人消失了，某个离不开的人离开了，也没关系。时间会把最正确的人带到我们的身边，在此之前，我们所要做的，是好好地照顾自己。

我害怕，你说你也喜欢我

08 / 我喜欢你，与你无关

也许很多人都知道我喜欢你，可是我想，就连几乎无所不知的你，大概也不知道，我喜欢你，喜欢到了什么程度。

动情时分 EMOTIONAL MOMENT ○○○○○○

他恋爱了，对象是她最好的朋友，看着好朋友脸上满满的都是止不住的笑意，她扯了扯嘴角说："恭喜你们俩！"

放学后，他拥着她最好朋友走在前面，她跟在身后，踩着他们被夕阳无限拉长的身影。抬起头，看着他侧过脸与她说笑的画面，心脏那里传来细微的疼痛感，明明不疼，却难过得让她想哭。

她看着夕阳，深深地吸了一口气。

然后微微笑着对自己说："算了吧，只要他还在，即使只能站在他身后，对我来说，也是上天赐予的福泽。"

我只是怕，惊动了爱情

≈≈≈

我喜欢你，与你无关，即使是夜晚无尽的思念，也只属于我自己，不会带到天明，也许它只能存在于黑暗中。

我喜欢你，与你无关，就算我此刻站在你的身边，依然背着我的双眼，不想让你看见，就让它只隐藏在风后面。

我喜欢你，与你无关，那为什么我记不起你的笑脸，却无限地看见，你的心烦，就在我来到的时候绽放。

我喜欢你，与你无关，思念熬不到天明，所以我选择睡去，在梦中再一次地见到你。

我喜欢你，与你无关，渴望藏不住眼光，于是我躲开，不要你看见我心慌。

我喜欢你，与你无关，真的啊，它只属于我的心，只要你能幸福，我的悲伤，你不需要管。

我一直希望，我对你的喜欢，是唯一的存在。无论是你的优点，还是缺点，无论是你讨人喜欢的时候，还是令人烦躁的瞬间，无论你是在辉煌的顶点，还是黯淡的低谷，这些都应该只属于我一个人。

我不想让那么多并不是我的家伙也喜欢上你，我想把你藏起来，因为，喜欢你这件事，只要我自己清楚就足够了。

我害怕，你说你也喜欢我

是我自己挤到你的跟前，扑倒在你的面前，一头栽进这纠结不清的命运之中，我永远永远也不会责怪你，我只会永远地感激你。就像斯蒂芬·茨威格在《一个陌生女人的来信》中描写的那样："我要让你知道，我整个的一生一直都是属于你的，而你对我的一生却始终一无所知。"

某天起，好像跟你没那么好了，见面少了，电话也少了；孤单的时候，忍住没找你。其实，并不是你做了什么，而是有些话不知道从何说起，不如不说；有些秘密只能藏在心底，独自承担。

不想对你说谎，更害怕你痛心的责备，于是只好假装忘了你。其实，你一直在我心里。

假如爱情可以解释，誓言可以修改，假如你我的相遇，可以重新安排，那么，生活就会比较容易。假如有一天，我终于能将你忘记，然而这不是随便传说的故事，也不是明天才要上演的戏剧。我无法找出原稿，然后将你统统抹掉。

此刻，确实是我喜欢你而已，与你无关！可能我还是会时不时地关注你，想知道你的动态，想知道很多很多关于你的事情，但这只是我想知道而已。

因为你太好，所以我卑微。卑微的爱，卑微地爱着，迟早会失去爱。我不想失去，所以我不想拥有。我情愿远观静待，将喜欢藏在心底，在某个不为人知的角落里，默默地说着"我喜欢你，但与你无关。"

真正爱一个人，是说不出口的。正如张爱玲说的那样："见了他，她变得很低很低，低到尘埃里，但她心里是欢喜的，从尘埃里开出花来。"

我那么爱你，你叫我怎么忍心告诉你我那么爱你，让如此不完美的自己打搅你的生活。

我不能确定，我能否给你完美的爱情。但是，我能确定我自己不够完美。所以，还是让一切在沉默中完美地谢幕吧……

我害怕，你说你也喜欢我

09/

你假装要走，不见我挽留

你走了真好，不然总担心你要走。

动
情
时
分 ○○○○○○

EMOTIONAL MOMENT

  18 岁时飞扬跋扈，他对心爱的女孩儿说："喂，你的作业本借我。"说话间，满脸是让人难以拒绝的严肃。

  22 岁时风华正茂，他对心爱的女孩儿说："你怎么还没谈恋爱啊？实在不行，我勉强可以考虑下你啊。"说完后，一脸坏笑。

  25 岁时意气风发，他对心爱的女孩儿说："我在你待的城市里有了事业，怎么样，要不要来投靠我啊？"说完后，一丝期待和焦急，隐隐约约地扫过脸庞。

  28 岁时成熟内敛，他对心爱的女孩儿说："行，我给你当伴郎。"说完后，一脸温柔。

≈≈≈≈

在这花叶飘零的秋日，终于知道什么叫作宿命。

总是以绝美的姿态在我最不设防的时刻出现的，是那最不能接受，也最不能拒绝的命运。而无论是哪种选择，都会使我独自泪流暗自神伤，使我在花叶最终落尽的那一刻，深深地后悔。

我已无歌，世间也再无飞花无细雨；尘封的四季啊，请别为我哭泣；我只有万般的无奈，无奈爱的余烬已熄，你早已走远。

凄然回首，猛然醒觉那千条万条，都是已知的路、已了然的轨迹。那就随着人群走下去吧，就这样微笑地走到尽头。我柔弱的心啊，只有别无选择地挣扎着将你忘记，永远不再哭泣。

我是一条清澈的河流，绕过你伫立的沙洲。在那个晴朗的夏日，那个有着许多白云的午后，你青青的衣裾在风里飘摇，又像一条温柔的水草倒映在我心中。

带着甜蜜的痛楚我频频回顾，可我将流过不能再重回，此生也无法再与你相会。

我知道，冬会来临，花会凋尽，两岸的悲欢将逝如云烟，

我害怕，你说你也喜欢我

只留下群星闪耀在遥远寂寥的天边。在地冻冰封之前，我将流入大海，而在幽暗孤寂的海底我定会将你想起，还有你那青青的衣裾。

不愿成为一种阻挡，不愿让泪水沾濡上最亲爱的那张脸庞。

于是在这黑暗的时刻，我独自悄然隐退。请原谅我不说一声再会，而是在最深最深的角落里，试着将你珍藏，藏到任何人、任何岁月也无法触及的距离。

花开，又谢了。你来了，又走了。彼此就算相识再多年岁，到最后也只能像相邻的两座岛屿。从此各自安好、各自停靠，各自有着相同的处境和倔强偏执。

轻轻地，你来了，轻轻地又走了。你不懂暗夜里的吞噬，是怎样将最后的想念磨灭的。你也不知道那么多话，我从未提及过，而是咽在泪中。

总是会有很多人会在自己快要忘记的时候忽然出现，随之而来的是在年少懵懂的岁月里有过的浅淡感情。如果你还会梦见我，请你再抱紧我。如果你转身要走，请马上消失。

你从不问，我从不说，似乎我们之间，从未改变。只是我好似一脸淡泊，却爱得更加浓烈，是我沦陷在你的漩涡里。

爱是什么，我无从试问，情是什么，我亦不知，或是锥心不已，或是撕心裂肺？难道不计后果，到最后只是换来你一句："从未爱过。"

多么可惜，又多么可笑的青春！是我太固执，是我太执着，执着于一些早该释怀的事。是否爱情真的复杂至极也简单到死，你能否在我冷漠的脸上里看到炽热而又沉甸甸的情？

我那么明朗却又那么矫情，我那么的淡然却又执着得有点难堪。

因为你，我把心都丢了；因为你，是我不掺杂任何杂质的爱；因为你，影响了我整个青春。

时间那么短，回忆却又那么长。

爱情，也许在我的心里还没有完全消亡，但它不会再打扰你；我也不想再使你难过悲伤。我曾经默默无语地，毫无指望地爱过你，我既忍受着羞怯，又忍受着嫉妒的折磨；我曾经那样真诚，那样温柔地爱过你，但愿上帝保佑，另一个人也会像我爱你一样。

| THREE | 爱是想触碰，
又收回手

○ ○ ○ ○ ○ ○

　　我最怕看到的，不是两个相爱的人互相伤害，
而是两个爱了很久很久的人，突然分开了，像陌
生人一样擦肩而过。

　　我受不了那种残忍的过程，因为我不能明白：
当初植入骨血的亲密，怎么会变为日后两两相忘
的冷漠。

01 / 为了避免结束，所以避免开始

你不愿意种花，你说，我不愿看见它一点点凋落。是的，为了避免结束，你避免了一切开始。

动情时分 ｡｡｡｡｡｡
EMOTIONAL MOMENT

那时年轻，男孩儿和女孩儿都喜欢对方，却没有人敢戳破。因为女孩儿知道，她会随父母出国。后来他们真的分开了，好多年没了音讯，直到一次同学聚会，他和她都到了。

吃饭的时候，有人问女孩儿："你怎么都不抬头。"

女孩儿笑着说："饭菜太好吃了。"

男孩儿笑了笑说："还是和当年一样爱吃好吃的。"

听完这句话，她拿筷子的手颤了一下，过了这么多年，还是不能忘了他。其实不是不抬头，也不是饭菜好吃，只是害怕看他，怕想起那段时光。

≈≈≈≈

　　年轻时我们总是在开始时毫无所谓，在结束时痛彻心肺。而长大后成熟的我们避免了幼稚的伤害，却也错过了开始的勇气。

　　后来即便上遇到了那个很爱的他，你会变得很小心，每一个动作，每一个表情，甚至呼吸都开始不自觉地谨慎了。而一旦看不到他呢，就会到处搜寻，想象着此刻的他在干什么呢？当脑海里出现他和她恩爱的画面，又会懊恼和伤心。

　　受过多少伤，流过多少泪，你才终于体会到爱情的辛酸和不易，所以，你尽量地不再让心轻易地泛起涟漪，然而，真的就不爱了吗？真的就放下了吗？

　　当那个怦然心动的人出现，哪怕已经难过得无法呼吸的你，怎么保证不被这爱情的毒再侵袭一次？所有的信念，原来也是如此不堪一击的。

　　只是经历太多的变迁，心境今不如昔的你，已经渐渐懂得如何去应对，有些话不能说出来，一说就会成为桎梏，将我们绊住，甚至抛入火海。那么，寂静相爱，默默喜欢，可能就是最好的状态。

我害怕，你说你也喜欢我

爱了，就会害怕分离、剥夺，和不爱。

爱，也是如此。不是不爱，只是不敢去爱！

于是你开始感慨，爱情就像烟花一样，在那最美的一刻，然后慢慢得消失无影无踪，就像昙花一样，它的美让人迷恋，让人欢喜，可是昙花的美，只是一现而过。

经历了戏剧化般的恋爱后，你逐渐懂得，爱情这东西很多时候让人可望而不可及。很多人在经历一段刻骨铭心的爱情之后，不敢再去触碰那爱情，因为害怕再次把自己伤得遍体鳞伤。可是在他们心里对爱情又充满了期盼，充满了憧憬。只是在自我意识的保护下，想爱不敢爱。

当一个人偷偷爱过，已经爱过，然后结束了一段美好的恋情以后，曾经的一切，在回忆里是多么美好与幸福，可是越品味，越苦涩，越回味，越伤感。

于是你变得不敢去怀念，你害怕，你怕痛。每一次的美好场景的浮现，都会让你不得安宁。你尝试用时间来冲淡，却发现越是想忘记，却记得更加的牢，越是提醒自己不要去想，想念却在夜里更加猖狂。

爱情，真的很美，但却美得忧伤，就像烟火一样，如果我们只是保持着距离去欣赏它，我们真的觉得它美得绚丽，为它那五彩缤纷的颜色所吸引；可是那瞬间的绚丽之后，是更长久的黑暗与凄凉。

世界上最凄绝的距离是：我们本来距离很远，互不相识，忽然有一天我们相识相爱了，距离变得很近很近，然后慢慢步入歧途，有一天又不再相爱了，本来很近很近的我们，变得很远很远，甚至比以前更远更远……爱是爱消失的过程，情到浓时终会转薄。

所有的深刻都要以深情和神伤为代价，所有的成长都来自承认和残忍，在岁月稀释情绪的浓淡、终于挣脱怨与恨之后，风轻云淡。

没有谁还能骑着岁月和勇气的战马再杀个回马枪，只能是望着眼前人，念着心头人，抱着一句"可惜"追怀那段曾经。

02 / 我没有那么想你，
只是偶尔想起

　　我没那么想你，只是无聊的时候，想想或许也无聊着
的你。

动
情
时
分 ○○○○○○

EMOTIONAL MOMENT

　　他和她已经分手两年了，两年来，他每天下班习惯性地打开她的博
客，看看她一天的心情。

　　她有时候高兴，有时候悲伤，有时候失落，他只是静静地注视着，不
做一点评论，甚至删掉了自己的浏览记录。

　　直到有一天她博客上挂满了她的婚纱照，下面有一行小字：

　　"我嫁人了，不等你了，不更新了。"

爱是想触碰，又收回手

≈≈≈≈

　　我藏起心中所有秘密，只因为，今生遇见了你。

　　这最深的秘密，也是最深的思念。站在心灵的路口，静静地等你，等你轻轻收拢了羽翼，栖落在我的心灵树上。

　　请不要让我等成一幅没有诗情画意的蓝图，一首没有深邃意境的诗歌，一首没有甜美旋律的乐曲。

　　没有你的日子里，我的想象失去了灵感，我的心灵失去了皈依，就好像鲜花离开了阳光，暗无光泽；游鱼离开了水滴，生命窒息。

　　我没有那么想你，我只是在和别人聊天的时候，会不自觉地点开你的对话框，看着你黯淡的名字发呆。

　　我没有那么想你，我只是和朋友在一起的时候，无意识地提起你，给他们讲述那些我总念念不忘而他们也许都烂熟于心的事情。

　　我没有那么想你，我只是在发现难得一见的美味的中餐馆时，想如果你能和我一起分享，那该是多幸福的事。

　　我没有那么想你，我只是在行走在宛如画境的美景中时，会想象着如果你能与我携手同行。

　　我没有那么想你，我只是在聚会上觥筹交错、衣香鬓影

我害怕，你说你也喜欢我

的时候，一个人默默地走到安静的角落，想一想千里之外你在做什么。

我没有那么想你，我只是在别人无意提起你的名字时，心内又酸又咸，中间夹着一缕甜。

我没有那么想你，我只是在别人伤害了你，对不起你时，比自己受了委屈还难过，还要难以忍受。

我没有那么想你，我只是在看全球天气动态预报时，关注你所在的那个区更甚于我自己的。

我没有那么想你，我只是在走到某个路口的时候才会想起你，我只是看电影看到一半的时候才会想起你，我只是听歌听到一个词的时候才会想起你。

我没有那么想你，我只是在我高兴的时候想起你，在我不高兴的时候想起你。给我回忆的人不会被回忆欺骗，回忆里的人才会被它欺骗。

我没有那么想你，我只是在别人问起暑假打算怎么挥霍时，佯作兴奋地和大家一起参与大讨论，但是他们不知道：这个暑假你不回来了，不和我一起享受这个世界上最美的夏天了。我知道你有更重要的事情，可是我在通情达理、善解人意和任性孩子气之间一路寻找着平衡，我要自己学着像你一样平静地接受所有或好或坏未知的结果。

　　我没有那么想你，我只是坐在空空荡荡的地铁里，会不经意间想起，当时你坐在我对面，似笑非笑微带嘲讽的样子。

　　我没有那么想你，我只是打工回家的路上，会算一算什么时候能攒够钱去看你，想象一下若我突然出现在你门前，你会惊喜还是责备呢？会不会有一个大大的、亲切的拥抱？

　　我没有那么想你，我只是有时候会忍不住埋怨地球为何这么大，海洋为何宽阔如斯？为什么，在你走了之后，钟摆行进得那么慢？

　　我没有那么想你，我只是在和一个陌生人聊天聊得正愉快时，竟然会脱口叫出你的名字，不可原谅自己的傻乎乎。天知道，那时候我并没有在想你，一点儿也没。

我害怕，你说你也喜欢我

03 / 我最想旅游的地方，
是我暗恋的人的心

> 所有的暗恋者都是丑小鸭，我们会怀念当时的脆弱和寒
> 颤，后来的爱情，是羽化了的天鹅。

动
情
时
分 ○○○○○○

初中的时候他们是前后桌，后来她听说，他喜欢她，或许是太小的缘
故，她和他的距离越来越远。

到了高中以后，他们和陌生人没什么两样。

再后来，他们各奔东西，她以为再也没有机会见到他，直到某天逛
街，人那么多，可她却一眼就认出他。

她朝他挥挥手，他也对她笑了笑，然后，便消失在人海之中。

≈≈≈≈

有谁不曾为那暗恋而受苦，我们以为那份痴情很重很重，是世界上最重的重量，有一天，蓦然回首，我们才发现，它一直很轻很轻；我们以为爱得很深很深，来日，岁月会让你知道，它不过很浅很浅。

曾经这样爱过一个人：

爱的人知道，被爱的人不知道。这是暗恋吗？

爱着的时候，就整天鬼迷心窍地琢磨着他。

他偶然有句话，就想着他为什么要这样说？他在说给谁听？有什么用？

他偶然的一个眼神掠过，就会颤抖，欢喜，忧伤，沮丧。

怕他不看自己，也怕他看到自己。更怕他似看不看的余光，轻轻地扫过来，又飘飘地带过去，仿佛全然不知，又仿佛无所不晓。觉得似乎正在被他透视，也可能正被他忽视。

终于有一个机会和他说了几句话，就像荒景里碰上了丰年，日日夜夜地捞着那几句话，颠来倒去地想着，非把那话里的骨髓榨干了才罢。

远远地看见他，心里就毛毛的，虚虚的，痒痒的，扎扎的，或上天堂，或下地狱——或者，就被他搁在了天堂和地狱之间。

　　爱着的时候，费尽心机地打听他所有的往事，秘密地回味他每个动作的细节，而做这一切的时候，要像间谍，不要他知道，也怕别人疑心。要随意似地把话带到他身上，再做出爱听不听的样子。别人不说，自己决不敢保持特别的沉默。这时候最期望的就是他能站在一个引人注目的地方，这样就有了和大家一起看他和议论他的自由。

　　每知道一些，心里就刻下一个点，点多了，就连出了清晰的线，线长了，就勾出了轮廓分明的图，就比谁都熟悉了这个人的来龙去脉，山山岭岭，知道了他每道坡上每棵树的模样，每棵树上的每片叶的神情。

　　爱着的时候，有时心里潮潮的，湿湿的，饱满得像涨了水的河。可有时又空落落的，像河床上摊晒出来的光光的石头。有时心里软软的，润润的，像趁着雨长起来的柳梢。有时又闷闷的，燥燥的，像燃了又燃不烈的柴火。

　　一边怀疑着自己，一边重视着自己，一边可怜着自己，一边也安慰着自己。自己看着自己的模样，也不知该把自己怎么办。

　　有时冲动起来，也想对他说，可又怕听到最恐惧的那个结果。

　　就只有不说，可又分明死不下那颗鲜活的心。

　　于是心里又气他为什么不说，又恨自己为什么没出息老盼着人家说，又困惑自己到底用不用说，又羞恼自己没勇气对人家先说。

　　于是就成了这样，嘴里不说，眼里不说，可每一根头发，每一个汗毛孔儿都在说着，说了个喋喋不休，水漫金山。

　　日子一天天过去了，还是没说。多少年过去了，还是没说。

　　那个人像一壶酒，被窖藏了。偶尔打开闻一闻，觉得满肺腑都是醇香。

　　那全是自己一个人的独角戏，一个人的盛情啊。

　　此时，那个人知道不知道已经不重要了——不，最好是不要那个人知道，这样更纯粹些。

　　在这样的纯粹里，菜是自己，做菜人是自己，吃菜的人还是自己。

　　正如爱是自己，知道这爱的是自己，回忆爱的还是自己。

　　自己把自己一口口地品着，隔着时光的杯，自己就把自己醉倒了。

　　这时候，也方才明白：原来这样的爱并不悲哀。

　　没有尘世的牵绊，没有哆嗦的尾巴，没有俗艳的锦绣，也没有混浊的泥汁。

　　简明，利落，干净，完全。

　　这种爱，古典得像一座千年前的庙，晶莹得像一弯星星搭起的桥，鲜美得像春天初生的一抹鹅黄的草。

　　这样的爱，真的也很好。

04 / 我懂，
你只是怕伤害我

> 有时，爱也是种伤害。残忍的人，选择伤害别人；善良的人，选择伤害自己。

动情时分 ○○○○○○

愚人节的前几天，女孩儿决定惩罚一下隔壁班的几个男孩子，谁叫他们总对着她吹口哨呢。

她给男孩儿们每人发一条短消息："还记得隔壁班的女孩儿吗？其实，我一直牵挂着陌生的你，只是因为没有勇气，才没有向你表白。今天，我决定不再沉默。信不信由你，下午一点，我会在校门口等你，不见不散。"不到一点，一个戴眼镜的男孩儿出现了。他足足等了四个多小时，直到被大家沦为笑话为止。

女孩儿终于按捺不住，又给他发了一条短消息："对不起，我伤害了你。"

男孩儿很快回话："我知道你是开玩笑，那天是愚人节。"

女孩儿问："那你怎么还去？"

男孩儿说："我怕万一是真的，那就会伤害一个纯洁的女孩儿，我宁愿被伤害的是我自己。"

我害怕，你说你也喜欢我

≈≈≈≈

　　你爱我的时候，我难过，你拼命逗我开心；你不爱我的时候，我难过，你装作看不见。你爱我的时候，我没有珍惜；你不爱我的时候，我拼命强求。

　　你爱我的时候，我说的，你都记得；你不爱我的时候，你说的，你也不记得。你爱我的时候，你还记得吗？你不爱我的时候，我还记得！

　　因为喜欢你，所以不敢告诉你。怕给你讲了，你也会错愕惊恐，然后两个失去理智的孩子变傻了。我不想和你做最熟悉的陌生人，不想和你到最后连朋友都没得做。

　　因为喜欢你，所以假装不喜欢你。假装很洒脱，假装和你就像是无话不说的朋友；因为喜欢你，所以我愿意，我愿意做你喜欢的任何事。我可以安静地陪着你，不让你知道我一直在你身边，也不会去主动打搅。

　　我不想在深夜，想你想到失眠，而你不知道；我不想生你的气，还装着很大度地说没关系；我不想在难过流泪的时候，你不在身边；我不想听你说别的女孩儿，还要保持微笑；我不想你无视你给我的伤害……

我想，我想你也像我想你一样，疯狂的想我；我想你因为我得消失而着急；我想你相信我说的话；我想你关心我，爱护我……

原来，爱会让我这么贪心。只是我忘记了，你不是我的谁。我无权要求你这样做，你也没有义务这样做。

原来，我的痛苦是这样产生的，我的痛苦就是现实和想象之间的差距。

爱你，是一件卑微的心事。

我总以为，我们有无数个明天，有一个虽然遥远，却很美好的未来。可是，在时光的洗刷中，我的幻想变得不堪一击。有你的记忆，经久不息。

你于我而言，是心里小小的伤，伤口的名字叫失去。我突然感觉自己像个华丽的木偶，演尽了所有的悲欢离合，可是背上总是有无数闪亮的银色丝线，操纵我的一举手，一投足。

曾经，对于所有失去的人而言，只是一个遥远的，伤感的符号而已。

你我的曾经，早已经荒芜，失去了已有的繁华，被时光剪辑，散落，遗失。有些感情，再也无法追溯，那就让它沉淀在错落的岁月里。

我害怕，你说你也喜欢我

假如有一天，看到你幸福，我会真诚地祝福你，幸福一辈子，哪怕站在你旁边的人不是我。

假如有一天，听到我们曾经一起哼唱的歌曲，我一定会释怀地笑，即便有冰冷的液体从眼角滑过。

假如有一天，再次翻开我的日记，看那些对你的迷恋，看那时对你的执着，我不再对你执迷不悟了。

不成逻辑，却能自圆其说的言论，字典里解释为"悖论"。即使再荒唐，那时的自己却还是不争气地想和你在一起。我就是这悖论，是吗？

爱情太强大，也脆弱，我没能领悟。但关于"你不爱我"，我已经能够全然接受了。

在漫长的别离里，我只做一件事，就是专职爱你。如果爱情能成为职业，该有多好，我永远都不会早退，永远都不会转行，任期就是这一辈子。

只是世界上没那么多如果，别后重逢，却物是人非。你的剧本，我只是观众。

05 / 等待你的关心，
等到我关上了心

你之所以感到孤独，并不是没有人关心你，而是你在乎的那个人没有关心你。

动情时分 ○○○○○○○
EMOTIONAL MOMENT

他第一次送她的花是彼岸花。她笑着问他："为什么要送这种花。"

他说："因为这花的花语是纯洁优美啊。"

两年后，因为异地而逐渐生疏，他们分手了。同第一次送她的花一样，他又送了一束彼岸花给她。

他说："你知道吗？彼岸花其实还有一种花语。"

她淡淡地问道："是什么？"

他笑了笑，一如两年前："隐藏好的悲伤，不想让你发觉。"

≈≈≈≈

　　我也知道，人生的旅途上，我们总要送别一些人，忘却一些事。我只是不舍，那些辗转在岁月中不愿离去的身影，用一段段的青春，谱写了我多少锦瑟的年华。

　　我从没被谁知道，所以也没被谁忘记。在别人的回忆中生活，并不是我的目的。

　　曾经的我，小心翼翼地爱你，怕自己在你心里消失，现在的我，突然明白，即使我小心翼翼地爱你，你终究不是我的。爱一个人不是小心翼翼地爱就可以，如果你爱我，即使我不好，我任性，你依然会觉得我重要。原来不是我做得不够好，而是我从未走进你心里而已。

　　我总是在担心会失去谁。有时我在想，会不会有一个人在担心会失去我。

　　如果有一天，我变得连自己都不认识自己，请你告诉我，以前的我是怎样的。

　　你也许毁了我的过去，搞砸了我的现在，但我决不允许你染指我的未来。

　　当明天变成了今天，今天成为了昨天，最后成为记忆里不再重要的某一天，我们突然发现，自己在不知不觉中已被时间推着向前走，这不是静止的火车，与相邻列车交错时，仿佛自己在前进的错觉，而是我们真实的在成长，在这件事里成了另一个自己。

我们都是记忆两头的玩偶，被看不到的细线慢慢缠绕；我们都是路途两边的树木，默默站在那些悲伤之上。那些微微颤抖的日子，那些已经不再美好的岁月，我们都要告诉自己，要好好地活。

我说，我要一个人的地老天荒。如果有一个人对我说，"我会陪你一起看万水千山"，那么，我愿许他一世的温暖，用我小小的力量。可是，有那么多的人，走进我的生命，又渐渐淡出我的生活，不说再见，就此离开。

曾经以为，伤心是会流很多眼泪的，原来真正的伤心，是流不出一滴眼泪。

别人都说失去了才会懂得珍惜，我一直都很珍惜，可还是失去了你。

其实，我很好，只是不习惯，只是会偶尔难受一下，只是会在某一瞬间突然很想你，只是会在听到某一句熟悉的话时很难过……

我害怕，你说你也喜欢我

　　我们没有哭泣，那叫流泪，不叫哭泣。我们没有难过，那叫遗憾，不叫难过。我们没有在一起，那叫分离，不叫不爱。

　　以前，我总是掏心挖肺地想着如何能让你更快乐，所以总是委屈着自己。那么，现在我选择离开，不再等你，是因为我怕等了，就再也等不了别人了。

　　因为分手，所以从今以后，我问候你，只用朋友的口吻，或者稍稍强烈一丝；我握你的手，只握礼节性的时间，或者稍长一刹那。

　　此后，没有人会再看见我忧伤的双眸，没有人会懂得我那些欲说还休的心事。过尽千帆，蓦然回首，忽然发现心里还是放不下你留下的痕迹。从此，没了自我，没了期待，没了未来，唯有回忆。

　　看的多了，懂的就多了，体会的多了，联想的也就多了，情感丰富了，也就复杂了，矛盾了，伤感了，敏感了，受的伤也就深了，然后再去寻求简单，发现再也简单不起来了。

　　现在才懂，原来一个人，可以难过到没有情绪，没有言语，没有表情。

　　我在想一个人，一个能让我夜不成眠的人；我在爱一个人，一个能让我刻骨铭心的人；我在等一个人，一个能和我白头偕老的人。

　　我经常梦见你，我也经常梦见我自己，但是很少梦见我和你在一起。

我害怕，你说你也喜欢我

06 / 给你的爱一直很安静，来交换你偶尔给的关心

你永远也看不到我最寂寞时候的样子，因为只有你不在我身边的时候，我才最寂寞。

动情时分 ○○○○○○

一盏路灯爱上了街对面的另一盏路灯，但他却只是隔着一条街静静地守候着她。有时明明是两盏路灯对望了一整天，但彼此连一个互相致意的招呼都不曾有。

但想想，比起中间那条街道上的人来人往来，这样不变的守望不也很好吗？

终其一生的时间里，他都始终不曾朝她走近过一步。尽管，也从未远离。

≈≈≈≈

如若可以，请许我一段尘埃落定的静美时光。

我想与你，在绿荫如盖的大树下摇扇吃茶，话一段日常趣事；我想与你，去雨后的空山里摘金银花，以花为被、做衣、当枕，装饰一帘幽幽的梦；我想与你，在朴素安静的山村中，看炊烟袅袅，听渔歌号子。

是因为缘分吗，让你我相遇。你就这样闯进了我的世界，让我结识了爱情这东西，是这样地让人欢喜，叫人伤心。可是我还是那么地想，想要和你在一起。

尽管我说不出来对你的爱，但我能感觉到，我已经爱上了你。我不会跟你说我爱你，因为我害怕，说出口了，它就从我们身边跑掉了。

我害怕说爱你，我的灵魂因此而迷失了路，我在去找你的路上，却不敢肯定你在何方，是不是等我？

我爱你是安静的，如同你已经走远了。我看着你美丽的背影，影子被夕阳拉得好长，好长……

我爱你是安静的，就像你在远方玩耍。那笑声悠扬清亮，我远远地倾听，愿用一生将这瞬间收藏。

我害怕，你说你也喜欢我

　　我爱你是安静的，犹如你已安然沉睡。我一遍遍默念你的名字，你出现在我脑海每个角落，我的忧伤却到不了你心窝。

　　我爱你是安静的，一如时光静静流去。纵然你把我遗忘，我仍然把你放在我心里最沉的地方。

　　我爱你是安静的，每个孤独的夜晚，我轻声吟唱。你最喜欢的那首歌，毫无防范地，便将我的眼泪引航。

　　我爱你是安静的，好像你从来没出现过一样。你像花儿般绽放，幸运的是我，曾闻过你的香。

　　在很久很久之后的这个清晨，春风化雨后清冷的街，于微寒中突然念及你是否安好？

　　给你的爱一直很安静，安静得我都好像已经忘了，这是不是爱，是不是对你的爱？

　　我们一起走过的马路，都清晰的记得"我爱你"这件事情；一起爬过那些满是荆棘的山头，就好像是你我未来的路，一直走在你身后的我，看着你为我斩断荆棘，开出幸福道路，紧紧握着我手的你，生怕在你身后的我受伤。

　　这时候你永远不知道，当时的我有多么的幸福。

这么多年以来为你一直甘之如饴，然而此刻，我忽然有种无以名状的忧伤。这忧是如此苍凉，这伤是如此绝望。

只是不知道，对你的那些思念，会不会比这忧伤还要漫长？

如果有花飘过，我会把花心留给你；如果有风吹过，我会把树叶留给你；如果有岁月潮涌过，我会把欢乐留给你。

独处时仰望天空，你是天上的那片云；寂寞时凝望夜空，你是最亮的那颗星；跟你漫步林中，看到的那片树叶很美；疲惫时安然入睡，你是最近最好的那段梦境。

对你的牵挂在不知不觉中已经成了习惯。一阵风可以呼唤一个季节，一颗芽可以振奋一片荒原；你的一点关怀可以温暖我情绪的冬天，你的淡淡祝福可以灿烂我一段人生。

如果水珠代表平安，我送你整个海洋；如果星星代表幸福，我送你整个星系；如果蜂蜜代表思念，我会把自己变成一只小小的蜜蜂……

最美好的承诺，不是我爱你，而是我会一直爱着你。最美好的爱情，不是轰轰烈烈，而是岁月静美，你在身边。

我害怕，你说你也喜欢我

07 / 你没有如期归来，
这就是离别的意义

> 假如你想要一件东西，就放它走。它若能回来找你，就永远属于你；它若不回来，那根本就不是你的。

动
情
时
分 ○○○○○○

  每个月的头两天，她都会光顾一次我的干洗店，每次来，都会带着同一套男西装。

  有一次我觉着这衣服实在太旧，就偷偷来了一次水洗，没想到西装缩水了。

  见面时，我不好意思对她说："对不起，因分错了类……"

  她豁达地摇头答道："没事，其实两年前，我们就已经分开了，我只是感觉他好像出了远门，总觉得他会回来。"

≈≈≈≈

指尖微凉，却忘不了曾经的片刻美好，相守的日子总是来去匆匆，还未来得及深藏，只一转身，你便消失在茫茫人海……

六月的风带着一丝清凉，把你从遥远的地方捎到我的梦乡。初醒的时刻，我便惊讶这份奇妙的梦见，是谁说过，今夜的风里有一丝花香，那是你期待已久的芬芳。

隔着月色，我听到了夏日的絮语，那里潜藏着你缱绻的柔情，只是，我还未细尝，就嗅到了一股苦涩的味道。爱情，原来只是一段我自导自演的故事，故事太美，可结局却总那么伤人。

临窗，数着天上的星星，看那一颗流星消失在天边。其实，一直以来的静静陪伴，脉脉地含香，总难以逃脱深情的目光，也许，有一份眷念才会有一份希望。只是，隔着天涯，我该如何希望？

落红飞逝，满地残香，六月的末梢，总有一些缠绵的情愫在心头游离，只是，今夜我只想静静地倚窗，沉默，然而，挥之不去的东西总会在不经意间泛滥。

当等待等不来期待，往事便一幕幕涌出，难以割舍的爱

我害怕，你说你也喜欢我

恋，顷刻间成了一堆荒凉。触着清冷的风，不安分的情绪在
这个仲夏的夜晚肆意蔓延，想要吞噬掉我所有的光明。你模
糊的背影总在眼前浮现，可我却捕捉不到旧时的笑脸。

　　遇见，用珍惜来增添温暖。可有些遇见注定是要为忧伤
作伏笔，只是我该以什么样的姿态去祭奠这段消散了的时光？
漫漫夜空，谁是我心头溢满的一腔思念？

　　只是我，想在消散的时光里镌刻下如梦般的韶华，谁都
懂得放弃是最好的结局，也许，只是我过于执著。

　　今夜的思绪被想念摇曳着，落寞的心更加凄楚难耐，谁
的心动摇了这六月继续炙热的决心？摇落的不仅是疼痛，还
有写在时光里的一窗心事。当你如风的步履再次伫立窗前，
寒透了的心是否会被解冻？

　　彼岸，当如水的月色轻洒在窗枢，谁的红颜再次敲响我
的门楣？而我注定只是停靠在你六月的一山烟雨，蒙蒙地散
落在群山之中。

　　我拙略的文字，无法阐释所有的苍凉，却想用心刻下和
你一起路过的每一道风景，你在或不在，都一样地守着曾经
的奢望。这份时光给足的美好，你不来，我一个人独享。只

是，少了你，多了份惆怅。

　　谁说过，一盏灯光下一个故事，今夜的故事只在我指尖氤开，或许是水墨情韵，或许是满纸落花。合着衣裙，我在月色妖娆的窗前听你远去的脚步……（倚窗听雨）

08 / 我害怕，
我没有你想的那么好

> 我总是害怕，有一天你会突然发现，我没你想的那么好。
> 尽管我那么相信你，可我还是害怕你会丢下我。有时候，我
> 多想一不小心和你到永远。

动
情
时
分 ○○○○○○

他第一次注意到她，是因为她左手拇指上涂成红色的指甲。他脑海
中天马行空地想象，又开始不停地琢磨她为什么涂红色？为什么单单一
个手指？

慢慢的，他开始对她感兴趣，一点一点接触着她。她的特别充斥着自
己满满的好奇心，一来一往，他们在一起了。

结婚那天，她问他为什么会爱上自己。他很诚实，告诉了她那个红色
指甲的事情。

她突然大笑起来说："傻瓜，那是朋友买指甲油我帮忙试用而已。"

笑着笑着她又哭了。她说："其实我很普通，只是在你眼中很特别。"

爱是想触碰，又收回手

≈≈≈≈

第一次很早就开始倒数计时着你的生日，然后四处寻找合适的礼物。

第一次那么认真地邀请一个女孩儿去看电影，虽然后来你说不想去。

第一次单独买生日蛋糕，而且还准备了九朵玫瑰。

第一次折千纸鹤，埋在房间里用心地折了九十九只。

然后，当我小心翼翼地把我的思念展现在你的面前，"我怕，我没你想的那么好"，这是你的回答。

我该怎样去理解这句话呢？是一句委婉的拒绝，拒绝我对你的好；可是我宁愿相信这是一句对我的责备，责备我对你的不够了解，责备我想得太过好，但至少，我有了坚持对你好的理由。

想起第一次见你，星星满天的一个晚上，在安静的图书馆遇见了安静的你。你的那种安静和专注的气质深深地吸引了我，就是这么简单。有时候喜欢一个人并不是因为什么具体的原因，一个简单的细节也会让人深深地迷恋。从那以后，我知道了在图书馆的同一个位置，总有一个一样漂亮的手提包，一样纯净乖巧的你，还有一样的是我期待的目光。那些

我害怕，你说你也喜欢我

天，我很早到图书馆，只为找一个离你近的位置；我很晚离开，只为守着你的身影，依依不舍。

突然有一天，在熟悉的座位没有发现熟悉的身影，心里就一直惦念着，发生什么事了吗？你今天难道心情不好吗？或许在图书馆里的其他位置吗？想到这，我放下书在图书馆转了又转，试图发现你的身影，但似乎老天在和我开着不怀好意的玩笑，每次我都找不到你的身影。带着一天的遗憾回到寝室，然后开始想着下一次的相见。一天中最期待的时间是在图书馆的晚上。

只是因为在图书馆多看了你一眼，多看了你的字，就再也没有忘记，一直在我的心头惦念。而等待我的是无尽的思念。

躺在床上，一遍一遍翻看着你的短信，想着你发短信时的样子，想着你的好，你的笑，然后睡去。

拿着手机，不断地刷新，只为能看到你的出现，看到你现在的心情和状态，然后能够找到话题和你聊天……

每一次手机的震动，伴着我期许的名字，多么希望此刻的你思绪也能在我身上停留，哪怕只一瞬间就足够……

　　思念是一种病，明知道思念只会增添心中莫名的烦忧，却还是忍不住一遍又一遍，一次又一次地试图通过思念将你紧紧牵绊。想你了，真的心动了。原来感觉来了，那个人出现了，喜欢上一个人是那么的容易。

　　可喜欢你而又不敢跟你说真是一种痛苦，其实我并不是不敢，我怕打扰到你本来安静快乐的生活，我不想看到的你不高兴，真的，我不怕被拒绝，我可以在一个空旷的地方治愈我的伤口，我有足够的心理去承受一切，但是我不愿打扰到你。我怕我自己没有足够的好，我有什么呢？我能带给你什么呢？

　　"我怕，我没你想的那么好"，生日那天晚上，你看着我，静静地说。

　　其实，我心里，也想着同样的话。我也害怕，害怕我没有你想的那么好。（小懒虫）

我害怕，你说你也喜欢我

09 / 溢出心的期待，
变成了在你面前的胆怯

人在面临幸福时会突然变得胆怯，抓住幸福其实比忍受痛苦更需要勇气。

动情时分 ○○○○○○
EMOTIONAL MOMENT

多年后，她出席暗恋多年的男孩儿的婚宴，男孩儿变得风度翩翩，侃侃而谈，坐在男孩儿身旁的是位美丽动人的新娘，虽然看着不是滋味，但也得过去祝贺他一番：

"多年不见了，你变健谈了呢，以前你和喜欢的人说话，舌头总打岔，现在能把这么漂亮的新娘娶回来，厉害！"

男孩儿听后脸红耳赤，说道："真、真、真的吗？"

≈≈≈≈

颤抖的手在纸上划动着，泪水啪啪地落下，湿了宣纸，散了笔墨。笔，刻画不出对你无尽的思念，墨，染不出你那朦胧的身影。

有一种爱叫作单相思，为爱守望；有一种爱叫做得不到，为爱祈愿；有一种爱叫做痴相恋，为爱无悔；还有一种爱，叫做胆怯，因为爱得深沉。

开始的时候，我们都是孩子；最初的相恋，我们渴望变成天使。纯真，圣洁，醇美，都是我们青春里的美好标签。一间教室我们一起待了三年，一张桌子是我们之间的距离。

最后我们假装成长；结果我们成了童话故事。离别，思念，痴心，成了自己生命里的魔障。

上天对我们何其不公，分别将我们所爱的人从身边夺走；但上天对我们也何其宽容，可以让我们遇到彼此。

"我喜欢你"这句简单的话，最终还是由于胆怯，而永远埋葬在我的青春里！

思念，如一缕袅袅不尽的青烟，落于笔端之时，总有丝丝的甜蜜与心痛相伴！是的，思念，是一个如诗一般美丽的话题，然而，细细品味，更多的往往却是无奈和酸涩。

思念本没有季节相隔，或许，时而会有浓淡深浅的表达，如春的温润、夏的火热、秋的诗意、冬的深沉，都是主题的不同演义而已，深爱着，思念便会如季节的改变而起伏。

思念，是一首忧伤的歌；我想着你，你想着我，泪眼相对，却咫尺天涯。

你可知，我心底的无奈和埋怨？固执地、不依不饶地责怪。心慌如暮野的荒草，肆无忌惮的疯长。只有你温柔的目光，才能收割。

爱，原来只是瞬间的事情。只是为何？你却又只在心底、在梦里、在云端，在我没有勇气触碰的地方？

思念，是十里长亭送别后的期盼、是"两地沉吟各自知"的低徊、是"玉枕纱厨，半夜凉初透"的娇憨，是"睡里消魂无说处，觉来惆怅消魂误"的悲凉，是"衣带渐宽终不悔，为伊消得人憔悴"的执着，是"众里寻他千百度，蓦然回首，那人却在，灯火阑珊处"的焦灼和欣喜。

亲爱的，让我望你一眼、再望你一眼，你看到了吗？梨涡浅笑，盈盈地，铺向你我往返的途中。

不知不觉中，泪花却又如湖水，在心底漫延！我终于认命：思念，如一缕袅袅不尽的青烟，始于倾心，却没有终点……

喜欢花开的灿然，大朵大朵的怒放，如曾经的华年。再薄凉的浮生，青春时都曾烂漫过。

是谁说过，有情不必终老，暗香浮动恰好？淌过岁月的恒河，眼睛与眼睛之间的距离，都藏在了诺言的背后。我只记住了你最初的微笑，暖若生命的灯塔。

后来，我喜欢并习惯了对变化的东西保持着距离，这样才会知道：什么是最不会被时间抛弃的准则。比如爱一个人，充满变数，我于是后退一步，静静地看着，直到看见真诚的感情。

爱的规则是：越喜欢，越胆怯。它让最大大咧咧的人变得小心翼翼，又让最无所畏惧的人开始战战兢兢。生怕不管不顾的勇往直前，会被轻视、受伤害。所以很多爱的表现，是刻意的后退。有意疏远一个人，恰是因为太喜欢。

| FOUR | 爱　只能遇见，
无法预见

○ ○ ○ ○ ○ ○

　　爱情可以很简单，就是我很想遇见你的时候，
你也正好在找我；爱情可以很复杂，我很想和你在
一起的时候，你想的也跟我的一样。

　　可我们后来，就是没能在一起。

我害怕，你说你也喜欢我

01/ 爱只能遇见，无法预见

> 故事的开头总是这样：适逢其会，猝不及防。故事的结
> 局总是这样，花开两朵，天各一方。

动
情
时
分 ○○○○○○

相恋两年，不管是出门逛街，还是外出游玩，他总是风似的在前面
走，而她，要一路小跑，才能跟得上。

终于，她累了。

她说："我们，还是适合做朋友呢！"

他不解，问道："为什么？你不爱了吗？"一边说，还用力的摇着她
的肩膀。

她笑了笑，"爱，很深。但，你的脚步，我永远跟不上。"

≈≈≈≈

你说："人生就像一场舞会，教会你最初舞步的人，却未必能陪你走到散场。"然而，我们真的有那么多的机会走下去，却在相同的十字路口，不约而同地选择了转身。

错过了的人，默契地消失在了人海，成了见不到，也不能去见的"陌生人"。只是，春去春来，潮生潮落，可不可以轻轻地问一句，陌生人，你还好吗？

有时候，我问自己，我们还算不算是朋友。顿了片刻，不觉笑了，我们是陌生人，陌生人自然不可能是朋友。我们熟悉了人生，熟悉了青春，熟悉了所有的一切，可渐渐地长大了，熟悉了所有，却陌生了彼此。

我们理所当然地用上了"最熟悉的陌生人"一语，却是想当然了。我们其实不熟悉彼此，一点也不。我们只是彼此青春河流的一朵小浪花，一个回旋，消失殆尽，然后在不休不眠的夜里，思念成疾。

揭开往昔，寻一树梨花，揭开它的雪白纯净，一如你的温润善良；一如你的亲切可爱。抬头看窗外，人依旧，花还在。走进那相逢的场面，你在，我在，只是缘分已不在。

我害怕，你说你也喜欢我

　　亲爱的陌生人，爱若离去，那还有什么存在？空气中，无情的风雨卷走承诺得很美的梦，还在跳动的是心情，那静静流淌的是淡淡的愁思，无奈的被遗弃在岁月的尘埃里，撕扯着记忆。你的话语是那一缕最暖的风，让我的灵魂沐浴着无限春光，你的笑是初春的细雨，让爱情得以温柔滋润。

　　迷失了的是忧伤，呢喃低语的是枕边的花瓣，注定要放弃的，是等待。

　　亲爱的陌生人，路过似曾相识的一地，你是否会停驻不前，觉得有些熟悉，有些怀念。陌生人，听到一起听过的曲子，你是否会嘴角上扬，觉得有些语塞，有些哽咽。

　　亲爱的陌生人，见到一个模糊的背影，你是否会亦步亦趋，觉得有些徘徊，有些激动。陌生人，想起那些稚嫩的时光，你是否会不言不语，觉得有些可笑，又有些可惜……

　　亲爱的陌生人，你还会在初夏的午后，着一套轻盈的百褶裙，绑着高高的马尾，从谁面前走过，最后成了谁的谁？

　　亲爱的陌生人，那葱郁的小树林，离开之后，是否经常回去看看？我是时常梦回那时那地，看看风景，也看看人。

　　亲爱的陌生人，还记得那些年的专属记忆吗……于你，或许早已忘记，可我，却刻在了心里，一笔一画。

　　亲爱的陌生人，还记得那些听着前奏就很喜欢的歌曲吗？那么长的时间，我一度只会那些歌。只是，淡入淡出间，我已淡淡地放下了。

　　有时候，饱含激情地输入号码，写满整屏的短信……却在拨号、发送键的时候，哆嗦了青春，苍老了心境。似乎，所有的勇气在那几年被消耗一空了。

　　预演了很多次的重逢，却一次也不会上演，相见的冲动，会在见面的前一秒钟生生熄灭。

　　是不是觉得很可笑，很难想像。曾经那无所畏惧的小青年，恍惚间，已经收敛了那些年不羁的爱与恨。所有与岁月有关的沧桑、风雨、浮沉……都无一例外地写在不再稚嫩的脸上。回头间，你发现，其实真的陌生了。

　　无关乎时间长短，无关乎距离远近。对遥远的你，轻声地问一句，陌生人，你还好吗？（岁末微凉）

02/ 思念，过期作废

> 喜欢你，很久了。等你，也很久了。现在，我要离开，比很久很久还要久……

动情时分 EMOTIONAL MOMENT ○○○○○○

那天正下着小雨，男孩儿送女孩儿回家，那是离别前最后一个雨夜。雨淅淅沥沥地打在他身上，仿佛在催着他，快点告诉他身边的女孩儿，你是有多么喜欢她。

离女孩儿家的距离一步一步的接近，而他半声不吭。

停下脚步后的好半天，他才说："你到了，我走了。"

女孩儿说："好吧，路上注意安全。"

这一夜，他不知道是怎么过的。

三年后的某一天，他们又遇见了，男孩儿终于鼓足了勇气，说出了"我爱你"。

女孩儿却淡淡地说："我想念你也三年了，思念到如今，已经过期作废了。"

≈≈≈

思念就跟爱情一样，是会耗尽的。无奈要分隔两地，一开始我想你想得很苦，恨不得马上飞奔到你身边，再也不要跟你分开。

后来的后来，我没那么想你了，不是不爱你，而是这样的想念是没有归途的。我再怎么想你，还是见不着你，摸不到你，只是用思念来折磨自己。于是我知道，我得学着过自己的生活。

岁月是一杯清酒，静静地品酌，你会发现，在它的眼中，没有化不开的思念，没有解不开的情愁，没有冲不淡的眷恋，没有抹不去的烦忧。

本以为，刻骨铭心的伤痛，愈合后，还是会有医不好的印痕，稍不小心的触碰，就会招惹到放纵的泪水。才明了，它只化作一缕轻烟，静静偏安在心灵之隅，倘若不再将它触碰，就会被岁月蒙尘，随风飘散。

于是，该忘记的，不该忘记的，就这样忘记了，就轻轻释怀吧，倘若爱已不再。

人生多彩的演绎，不为一个无谓的人变得苍白，生命漫

长的旅程，不因一个不值得的人而黯淡，生命所赐予的爱恨
情愁，苦乐烦忧，我一一珍藏，不悲不喜。

　　在人生的不同站台上，有时是在等待某个人，有时是在
送别某个人，有的人要离开，我不去强留，也不会苦苦哀求，
有的人要走来，我面带微笑，深深感激幸福对我的慷慨。

　　总有一些人，注定不属于你，总有一些情，注定要分离。
回望来时的路，你与我一起，洒下点点滴滴的欢笑，温暖了
我孤单的足迹。

　　到了尽头，我无悔，也无怨，为收获了的那一片真诚，
也曾真挚地流泪，也曾动情地心伤，临别时，我仍带着谢意，
细细品味你给予的快乐和美好。

　　总有一个人，注定要为你而停留，总有一份情，注定要
与你天长地久，分享你的喜怒哀愁，带给你无限真挚与美好，
给予你别人给不了的快乐和美好，还有，一直期待的欢笑。

　　原来幸福可以来得这样突然，而回忆却再也给不了哪
怕多一度的温暖。于是这美好，将往日时光里的阴霾，统
统赶跑。

　　曾经失去的人，却早已将温柔的心，悄悄递呈给她人。

而身边满溢的柔情，正静静流淌于那珍视你的明眸，使你相信，有一种微笑，只为你而灿烂，有一种温暖，只因你才长存，还有一个人，只为你而心动。

于是明了，这一辈子，我们都在走着各自的路，因了缘分，我们邂逅，遇见了彼此生命的交集，共同经过一段浪漫之旅；也因缘分，我们转身，背对着背向前走，在彼此的足迹里写满回忆。

缘起，则聚，缘灭，则散。深深浅浅的缘，各种各样的人，与你一起谱写一些美丽，一些感动，一些温存，一些眷恋，由它们，拼凑成你多彩的人生。

缘分到了，我们携手，从此依偎，就连回眸一笑，都带着美好。

缘分尽了，我们转身，便是陌路，甚至回首相望，都不再留恋。

都有自己的路要走，谁也不能陪谁到最后，即使心有不甘，即使有太多无奈，所以，我们要有勇气，面对别离。

你的离开，或许会在我心中平添太多的忧愁，让我在无边的暗夜里，独自神伤。哭就哭吧，笑就笑吧，今夜，就让我放纵地流泪，让我尽情地伤悲，让我为灵魂来一场狂欢。

　　只是，在天亮以前，我会把阴霾统统赶跑，把已经陈旧的梦，小心地收好，至于你和回忆，要么放逐，要么珍藏。然后，微笑。

　　因为明天，我还有我的美好……

青梅枯萎，竹马老去，从此我爱上的人都很像你。

当冬夜渐暖，当青春烟消云散，当美丽的故事都有遗憾，
那是习惯把爱当做喜欢的年纪。
重要的是，我们如何爱过那一段。

03 / 爱情使人忘记时间，
时间也使人忘记爱情

真正的忘记，并非不再想起，而是偶尔想起，心中却不再有波澜。

动情时分 EMOTIONAL MOMENT ○○○○○○

男孩儿说，"我爱你。"

女孩儿说，"等我也爱你了，会告诉你。"

男孩儿绝望地离开了。

二十年后，女孩儿说"我爱你。"

男孩儿说，"我已经忘记爱你是什么感觉了。"

女孩儿哭了，说："你怎么这么残忍，我用了二十年才真地爱上你。"

男孩儿挥手走了，哭着自言自语："我用了二十年才真地忘记你。"

我害怕，你说你也喜欢我

≈≈≈≈

那时年少，以为决绝是最好的成全，时间能让人把一切忘掉。后来，才知道，有些人，一辈子，都忘不了。

如果我不喜欢你，我就不会思念你，就不会妒忌你身边的异性，就不会失去自信和斗志，更不会痛苦。如果我能够不喜欢你，那该多好。

爱情很痛，也很美，它能够使人忘记时间。

自从潘多拉魔盒里放出各种瘟疫与病菌，来让世人痛苦的时候，我想一定有一种叫作爱情。很不幸，人类，那样地易于传染，那样地易于接受。

每天都在听着那些或有点感伤，又有点忧郁的情歌，自己也渐渐地迷失在孤寂的情绪当中。不知道是为谁，就在自己的脸上淌出两行泪水，真的好似吞进了两片毒性很强的药，苦苦涩涩，难以言诉。

我有时候就想：是不是人的两只眼睛就是两个随时都会喷涌的泉眼呢？只要有忧伤就会源源不停地输出泪水，这两行泪水一行伴随着爱的痛苦与艰难，一行伴着被爱的担忧和困惑，它们在每一个夜里陪两个相爱的人一起失眠，陪两颗相爱的心一起思念。

爱的痛楚，夹杂着无奈和伤害，它压在肩膀上，由爱着的人来承担！爱到深处，谁能没有真的感受到痛苦。正如哲人所言："没有感觉痛苦的爱不是真的爱情。"

在爱中，多少痛能最终化成云烟一缕，不着一丝痕迹就在心间轻轻飘去？多少苦能在最后平静成止水，再不起一波微澜就可以在心里淡然？

或许人们在爱的最后都不能确切地对自己说忘记，而那些伤与痛便也不会真正消失，而是在生命的血与肉上结了一个或深或浅的疤痕而已。

枕着一个人的名字睡去，梦里梦外都为他流着悠长的泪水。当你爱了，谁又没受过这样的折磨？

只有爱情，当它给你送来鲜艳的玫瑰，当它吹开你久以封闭的心扉，当它又惊鸿一瞥地匆匆离去，谁又能接受这欢喜之后的落寞？

这便也是爱情最大的魅力，虽痛却是快乐的，虽痛却是满足的，虽痛却是甜蜜的，虽痛却又是幸福着与期待着。

爱需要珍惜，若是缘分尽了，就各自天涯，没有必要太过忧伤，因为时间，既让你认识了爱情，也能够让你忘记爱情。

我害怕，你说你也喜欢我

人会因为喜欢而产生依恋，因为依恋而凝固情结。于是渐渐地在脑海里深刻着：那个曾经相爱，如今却不在我身边的人是我最亲爱的人。

爱情是一座大房子，宽敞、明亮、整洁，美丽而诱惑着每一位从门前经过的人，而房子的主人，永远只会是两个，他们彼此相亲相爱，相互依偎。当你的生命走到这座房子面前的时候，同样地，每天也有很多人笑着从爱情的门前、窗前走过。

有时会有人探过头来望一眼窗内的风景，甚至有的人会推开房门，跨进门槛。进到屋子里的人，会等待，也会离开，而等待的人无非就是，期待有一天会有另外一个人走进自己的爱情。在这份对爱的渴望与期待中，总有一些人因为房子的门槛太高，因为窗帘的颜色不喜欢，因为房子不是很朝向阳光等等原因，而不与房内的你一起欢笑与流泪，但是这样，最终还是有人走进了你的房子。

如果你聪明，就会知道，执手相看你的人，离你最近的人、为了与你在一起而留在这房子的人，才是最关心你的人。

（李华伟）

04 / 你那么可爱，
本就应该遇到最好的人

> 这个世界上最残忍的一句话，不是对不起，也不是我恨你，而是，我们再也回不去了。

动情时分
EMOTIONAL MOMENT ○○○○○○

男孩儿："想要去哪玩?"

女孩儿："嗯……公园吧!"

男孩儿："嗯，走哪边?"

女孩儿："嘻嘻……你个小笨蛋! 都和你去过多少次了，你还不知道怎么走……小路痴。"

男孩儿不再说话，只是听着她的指挥带着她去了公园……

男孩儿的朋友知道了，就问男孩儿："我看你平时都认识路啊! 为什么你总是问她?"

男孩儿微笑着说："因为那时的她特别可爱。"

我害怕，你说你也喜欢我

≈≈≈≈

我始终觉得，蝶，只是为花而来，而花，独为蝶开。

我一直都把自己当作一朵花，素朴、淡雅，脉脉流芳，而把你看作一只蝶，吸引、诱惑，真情流露。

那么，你也要相信，你，是为我而来，而我，是为你而开。

在清晨的微风里，在午后暖暖的阳光中，在晚霞的红云中，我把自己开放成最美的姿态。

有着淡淡的花香，虽没有绝色倾城的外表，却有着让人无法琢磨的吸引。只是，只是为了迎接你的到来。

最初的懵懂是蕊中的露珠，阳光般地透明，那么清澈，那么温暖……

因为有了期待，有了盼望，心中便有了幸福的悸动，有了甜甜酸酸的感觉，那是寻常女子寻常的小幸福。

静静地等待着一场相遇，在心中喜上眉梢，在眼中却上心头，这就是缘分啊，属于你和我的缘分。

于是，我在每一个时刻，深情地凝望你的方向，悄悄地看着你必经的路。

我心中坚信，你一定会越来越近，而不是渐行渐远……

时间能做的，并不只是单单的让你忘记一个人，或者一些事。时间也可以证明，证明你的成长，证明你所有的孤独是为了破茧成蝶，证明你花费力气与青春的等待没有白费。

单身的人就像一只蝴蝶，破茧成蝶前，总要经历一段孤独不安的时光。你只有在一个人的时光里让自己变得足够优秀，才有资格来说单身的骄傲，边等边找。

不要再沉湎于往事了，因为你拥有的只是当下，以及明天。昨天都成为了奢侈的怀念，你还耿耿于怀有何用呢？我把自己开到最浓、最艳、最香、最软，只是，为了让我在最美的时候和你遇见。

最美呀，人的一生只有那一个最美，是春天桃的韵致，夏天荷的风情，秋天菊的淡然，冬天梅的娇俏…… 真诚的心总会有感人的回报，我的翘首期盼终于惊动了天和地，惊动了那个日夜思念和盼望的你，冥冥中我似乎看见了，你带着诱惑的暖意，轻轻地来了，渐渐清晰的身影，让人沉醉。你并不是最帅、最优秀的那一个人，却是最温暖、最真实的一个人。

　　我知道，我无法拒绝你的一切，就像一朵花，无法拒绝蝴蝶。

　　你在我开放的路口，停住了脚步。花开烂漫，你单单注意到了我这一朵，单单是我这一朵呀，这分明是上天的眷顾。

　　我为此无限感动，以至泪流满面。你看到了吗？那似一滴一滴的晨露，便是我一滴一滴的感动。

　　相遇，是一场缘，谁也不会知道，我是为你而开。可你，应该知道。我们擦肩而过，已经是缘分不浅，是前世的你我在佛前苦苦求了五百年。

　　如果没有缘，即便望穿秋水，即便近在咫尺也不能相遇。所以，我时时刻刻充满了知足和感恩。

　　我无限期待和盼望的结果终于实现，我们终究还是有缘的，在滚滚红尘中，为了这一场相遇，我宁愿做一朵尘埃里开出的花，对着你的方向，开得花枝乱颤，开得妩媚妖娆。

　　总有一天你会为我而来，我相信……

05 / 既然已经做出了选择，
又何必要问为什么

当面对两个选择时，抛硬币总能奏效，因为在你把它抛
在空中的那一秒里，你突然知道，你在希望什么。

动
情
时
分 ○○○○○○

她知道最近他跟初恋又有了联系，而且走得很近。于是在他洗澡的时
候拿他手机，在联系人中将自己的名字改成他初恋的名字，并发了条信
息："我还爱着你！"然后在房间等着他的回复……

过了一会儿，来了一条信息，看完信息后她流泪了。

屏幕上写着："对不起！就把那当成美好的回忆吧！我结婚了！而且
我很爱她！"

房间里的她，幸福又后悔地哭着！

我害怕，你说你也喜欢我

≈≈≈≈

　　你遇上一个人，你爱他多一点，那么，你始终会失去他。然后，你遇上另一个，他爱你多一点，那么你早晚会离开他。直到有一天，你遇到一个人，你们彼此相爱。终于明白，所有的寻觅，都有一个过程。

　　你要知道，一段没有结局的感情，在开始时就预示着结束了，但是心该如何去忘掉过去？一幕幕烙下那些所谓的曾经，还有泛黄的誓言。

　　你们曾共同坚持的约定，如今却变得面目全非。染了伤的风景，仿佛每个画面都有他。

　　你的心像秋日里的落叶，飘荡在他的世界里。没有他的日子里，你的思念是一条线，紧紧牵住那些过往。

　　把他放在心上，是你最美好的回忆。那是一段只有你独白的故事，你一人扮演两个角色，一句一词的讲述着一个人的地老天荒。

　　他的颦笑，已成为你最奢侈的享受。他的快乐也成了你的快乐，他的伤心便是你的伤心。

　　你在心底默念着："我是爱你的，而你是自由的"。

爱情，总有一个美好的开始，美好得让所有人都以为，相爱的人可以永远携手走下去。

爱情，总有一段甜蜜的回忆，甜蜜得让曾全心付出的人，直到受到伤害仍无法忘记。只有相爱的人，才能让爱情永恒。

于是你逐渐明白：爱情是需要勇气的，需要勇气去承担相遇，也需要勇气去接受争吵，更需要勇气去承受分别。

没有一种爱，不是千疮百孔；也没有一种爱，可以遗世孤立。但凡是自己已经做出的选择，就不必再去问为什么。

在爱情里行走，在思念里趟过，必定遇到艰险和惶恐。可是能在千万人之中遇见，就已足矣！

于是你逐渐明白：每个故事都有它被讲述的理由，也有它被遗忘的经过；每个爱情也都有它迟来的缘由和归去的必然。不必在意，即便洗尽铅华，时光飞逝，也不可能做到一尘不染。

你和他，翻山越岭地遇见，漂洋过海去相爱，然后无疾而终，不声不响地错过，你不明白缘由，不知道为何当初为他心动，因他撞上爱情，却也为他伤透了心。于千万人之中回头，于千万人之中觅缘，于千万人之中携一人手，走万里

我害怕，你说你也喜欢我

路。只是，哪来的尘缘，哪来的相逢，哪来的后来？

其实，一盏茶，足以冲淡梅香；一抹云，足以模糊来路；一个转身，也足以忘记曾经不渝的信誓旦旦。

那些在你们相逢时许下的诺言，眨眼间全成了哄骗。那些在你们热恋时铭刻的誓言，于谈笑间全成了谎言。

你因此难过了很久，你大声疾呼：

"好一个执手走天涯，未待繁花落尽，就自行枯萎；好一个岁月静好，现世安稳。精心编制的情网，竟得了个一场空。"

可是你要知道，一切，都是最好的安排。你自己折断的花枝，别想让它开出当年模样；你自己砸碎的琉璃瓦，别再想拼凑起当时光华。

你和他的爱情，是问不得缘由的。每个爱情来时无需躲，它想找寻的躲也无处藏；去时也无须留，它想隐去的留也留不住。

爱情说的每句话，不要太过执迷，它想笼络的你，你就算再理性也"在劫难逃"。也无须句句都生疑，它想破坏你的爱情，定有"千方百计"。

每个人想要去拥有的爱情，自当华美，但也不必为之沉迷；自当妖艳，也不必为之影随。

真实的爱情，只是朴朴素素一件衣，遮体防寒。没有它，不是不能独活，只是活得不够光鲜、生动。

无须强求，爱情自己会来找你，也不必追问对与错，这世间也本没有对错，只是事后凭自己意愿为自己编排。

我害怕，你说你也喜欢我

06 / 你我形同陌路，
相遇只是恩泽一场

> 祝时光模糊成一首拖沓的诗，所有的故事不过是相遇后
> 分离。你慢慢消失在幽深的梦境，我跳进一个巨大的圆圈，
> 从此不见，只剩怀念。

动情时分
EMOTIONAL MOMENT ○○○○○○

　　她常常在公园的湖边看夕阳，还发现有位年轻的男人和她一样。傍晚时分，总有鸟雀在湖边啄食。她带了饲料，许多鸟儿围在她四周。

　　他注意到她了，他们聊天。她问："你喜欢看夕阳吗？"

　　"嗯，看夕阳可以忘却烦恼。"

　　她每天都去那里等他，一起看夕阳，撒饲料。

　　有一天，他没有来，她连续来这里等了几天，终于又见到他。

　　"怎么这几天都没来？"她低着头，轻轻地问。

　　"以后也不来了，我要去另外一个城市了。"男人轻轻地回答。

　　从此，她也不再去那里了。

≈≈≈≈

　　有时放弃也是一种美，做不了你寸刻不离的相依，成不了你一生一世的永远，就与你做隔着时空的熟悉的陌生人，这也许是彼此最好的选择！

　　孤独时仰望蓝天，你是最近的那朵白云；寂寞时凝视夜空，你是最亮的那颗星星；闲暇时漫步林中，你是擦肩的那片绿叶；疲惫时安然入睡，你是最美的那段梦境。

　　空旷的大地上有阴影，那是因为天上有云。大海的岸边有涛声，那是因为海上有风。长江的水不停地在奔流，那是因为思念大海。我把星星都变成希望，那是因为远方有你。

　　相识在一个甜甜的微笑里；思念在一声轻轻的问候里；牵挂在一段深切的留言里；深爱在一句真挚的祝福里。

　　就与你做隔着时空的熟悉的陌生人好吗？一份爱不能相守，只能作出那样的选择。

　　不需要太多的海誓山盟，也不需要太多的追求，只要默默地守着那份属于自己的感动和激情，也许，那就够了。

　　只会在每一个孤独与寂寞的夜里，在独自神伤的时候，重温那一点点曾经有过的感动，以及每一次失之交臂后的遗憾。

生活里，我们总有太多的牵羁，我们真的无法好好地去把握，所以，我们只有在爱和梦的边缘默默地踟蹰着，良久驻足。

你走不进我的生活，但却注定走不出我的生命！能做的只有远远地看着你，在梦中一次次地牵着你的手，但今宵梦醒何处？

只因为爱你呀，我抛却的我的全部心情来快乐着你的快乐，悲伤着你的悲伤。我们没有对彼此的承诺，但有着对这份感情同样的无能为力。

因为爱过，所以理解；因为痛过，所以深刻；因为错过，所以无奈。那份无能为力的爱这么多年从不曾忘记，我以为我可以遗忘，可当往事不经意间流过心底的时候，那份心酸却仍然弥漫，让我无从逃避，原来我从来都无法忘却。

只因为爱你呀，我的爱人。我愿意一个人静静地陪在你的身边，感觉着你全部的心情，做你永生永世的知己。

如果爱是无法忘却的，那么就让我把它装进我的灵魂里，期待着有一天，当雨点轻打你的窗时，你能够想起昔日的旧模样，想起那位与你隔世离空的我。

　　岁月匆匆，花开花落，那些刻意遗忘的偏偏刻骨铭心。也许那只是一个传说，你我是传说中擦肩而过的旅人，别样的心情早已将青春写在同一种情绪里。

　　是呀，爱是无法忘记的，那么就让我们把这份爱埋藏在心底，期待着有一天为你等成一棵春天的树，在你经过的路口，为你洒落一身的花雨。而你可知道，那点点滴滴的花雨，都是我前世今生的企盼呀。

07 / 我的世界你来过，
你就不是过客

可能你只是我生命里的一个过客，但我不会遇见，第二
个你。

动
情
时
分 ○○○○○○

很久以前，还是学生时代，他偷偷地喜欢着一个女生，这个女生很爱
迟到。

每次迟到，坐在她后面的他就会笑她小傻瓜。

很多年后，他做了经理。

一次招聘中，快结束的时候一个女子气喘嘘嘘地跑进来。

"对不起，我迟到了。"

他震了一下，傻笑着说："小傻瓜。"

≈≈≈≈

我一直以为自己赢了，直到有一天看到镜子，才知道自己输了。在我最美好的时候，我最喜欢的人却没在我身边。要爱就不要等，只有时间才真正懂得爱情本身有多重要。

不要等到孤单时才想起恋爱；不要等到有人爱你时才学会追求；不要等到分别时才肯说我爱你；不要等到分手后才后悔没有珍惜。

曾经幻想，有一天，不做现在的我，变成另一个人，过另一种人生，爱上别的人，经历另一些爱恨恩情与离别，体会另一种无常，再也不会遇到爱过的你，在另一种人生里，和你成为彻彻底底的陌生人，也许会相遇，但绝不会再相识。

那会是怎样的人生？若真是过上了那样的人生，再也不会遇上你，是会比较幸运还是不幸？

我的世界，你来过。在我灿烂的花季，你轻轻地来过。你是一只斑斓的蝴蝶，惊动了我的花心，我的心事如一地茂盛的春草，蔓延着，满山疯长，不再含情眺望，不再羞涩描妆。

而你，却轻拍翅膀，在我每一次欲用我那震颤的花蕊抓住你的时候，挪步躲藏，做自由飞翔。我的花瓣无力地低垂，悲伤地枯萎，寂寞地凋零。随秋风渐紧，无奈地飘荡。

　　我不该怪你，你来过我的世界，探寻过我的花季。

　　那你就不是匆匆过客，你是我心头那一抹春色。

　　在我宁静的湖心，你轻轻地来过。你是一只轻盈的蜻蜓，划出我心中层层波纹。从此，湖面不再平静，在深深的夜里，也把一湖盈盈的月光摇出静谧的神韵，让一湖碧波不再寂寞。

　　你只是偶然路过，出于习惯，用薄薄的羽翼轻点我的湖心。可我却从此春心荡漾，连寂寞都华美出夏的衣襟，展开绚烂情怀，将你苦苦等待。当一只蝴蝶再次光临的时候，紧锁的心扉已难再打开。

　　我不该怪你，你来过我的世界，你激荡过我的情怀。

　　那你就不是偶然的过客，你是我心头那一抹春色。

　　在我寂寞的天空，你轻轻地来过。你是一枚孤独的落叶，你理应飘落大地，却旋风般地升腾到我的心中。那痛苦的挣扎，让我的眸光难再空寂无情。

　　以蔚蓝的色彩接纳你，用如水的柔情温暖你，希望你重获新生，以飘逸的姿态划过天空。你我的缘分几千年前就早已注定。不要再说什么你是我的过客。几千年前，你就是我心头那一抹春色。

你只是一个过客，无意间闯进我的世界，让我成了一个痴情的守望者。错把开头当结果，在错乱的情节里，独自躲在角落里，偷偷地落泪。

我的世界你来过，那你就不是一个过客。一缕阳光照进偏僻的角落，那朵被阳光亲吻过的小花何曾忘记过？一滴春雨洒向一堆杂乱的瓦砾，那棵被雨滴抚摸过的小草何曾忘记过？一声叹息在眼前飘过，那荒凉的心又何曾平静过？你曾来过，就成了我心头一抹永远的春色。

我的世界，你来过就不是过客。

08/

曾有一段情，温暖过生命

应该趁着年轻，和喜欢的人一起，制造些比夏天还要
温暖的故事。

动情时分 ○○○○○○

从前，有一只兔子。

又来了一只兔子，它扶着耳朵站在第一只兔子的肩膀上。

又来了一只兔子，它扶着耳朵站在第二只兔子的肩膀上。

又来了一只兔子，它扶着耳朵站在第三只兔子的肩膀上。

……

又来了一只兔子，它扶着耳朵站在第九只兔子的肩膀上，
亲了长颈鹿一下。

≈≈≈≈

时光流逝，一切都安静地前行，一切都像你我相遇时那般美好。

见到的清澈的河水，流向了自己看不见的远方，那些在懵懂年华里留下的遗憾，不知何时化作了种子，埋在了心里的某一个角落，在某个不经意的时候，眼泪滑落到了那一片小小的地方，遗憾的种子生根发芽了，就好像是春天来了！

总是在不经意的时候，回眸远眺，看着自己一路走来时的脚步，有苦，有甜，有笑，有泪。

在走走停停之间，我也逐渐放慢了匆忙的脚步，感受那一路走来的弥足珍贵，感受曾经的那份情，它也曾温暖过生命。

最怕旧地重游，最怕眼前的景象依然如过往，却唯独不见了曾经那些人儿。

最怕独自想念，却无人在身边；最怕深夜时寂寞嚷闹，却没人回应；最怕那个很爱很爱的人，突然哪一天，就消失得像一场梦。

于是很多回忆中的人，都被我们留在了照片里，而拍照的好处，是可以在人生微凉时，用回忆取暖。

我害怕，你说你也喜欢我

回忆里的那个人，你还好吗？现在辗转到了哪个人的世界，那里是否色彩缤纷，繁花似锦？那里是否也有一张爱笑的脸？她是否惜你如命？

回忆里的那个人，你还好吗？当时走得那么决绝，现在是否如鱼得水？时间又回到了我们分开的季节，我们的青春停留在我们争吵时期，我们的偏执把昨日的美好搁浅了。

回忆里的那个人，你还好吗？当你向她人承诺昨日之誓言时，可曾知道自你转身之后，我的世界是什么颜色的吗？可曾对我有一秒的内疚？那些说好的幸福，可曾关心过我放下了没有？

回忆里的那个人，你还好吗？偶尔还会有人问起我们的曾经，当你的名字划过我的耳边时，我才清楚地知道，世界上最短的咒语是某个人的名字。

回忆里的那个人，你还好吗？面对昨日的誓言，你是否也会心酸？当我们的故事划到你耳边，你是否会感慨万千？

回忆里的那个人，你还好吗？两年以后的今天，我终于肯把那微微发疼的青春埋葬心头，我不会再爱你了，不再等你了，不会再恨你了，你会不会有一丝失落？

　　回忆里的那个人，你还好吗？晨风吹走了诺言，阳光刺伤了我的梦，我们的故事全剧终了，以后我会爱上别人，我会戴上别人给我披的头纱，然后为人妻，为人母。那些我们说好却没有抵达的幸福，以后会有人陪我抵达我要去的地方。

　　回忆里的那个人，你还好吗？谢谢你曾经赠予我的感动，谢谢你离开我，赠予我一期心疼的青春，卑微了承诺。荒芜了记忆，颓废了爱情，淹没了尘埃，苍老了誓言。

　　过去的美好记忆总有荒芜的那天，尽管努力挽留也是白费心机，多舍不得也无能为力。那挥一挥手的瞬间，伤了好久的心！

　　时光会继续前行，今天恳求我放过昨天，只有放过才能迎接明天的幸福。在幸福来临时，我才能紧紧抓住他的手。

　　回忆里的那个人，祝你幸福！

　　我百转千回的寻找，却发现没有任何能代替你。于是我对你心存感激，谢谢曾经的你，给了我最温柔的回忆；谢谢曾经的你，给了我唯美的瞬间；谢谢曾经的你，给了我想念的理由。

09 / 遇见是两个人的事，
离开却是一个人的决定

> 好多年了，你一直在我的伤口中幽居，我放下过天地，
> 却从未放下过你。

动情时分 ○○○○○○
EMOTIONAL MOMENT

我问他："你要是喜欢一个女孩儿，你会怎么办?"

他放下手中的书："告诉她呗。"

"那她不喜欢你怎么办?"我接着问。

他白了我一眼，说："那是她的事。"

"那要是她也喜欢你呢?"我又问。

他温柔地说："这就是我们的事。"

"如果最后不得不离开呢?"我不依不饶地问。

他顿了顿，严肃地说："遇见是两个人的事，离开是一个人的决定，
但我保证这个人不会是我。"

≈≈≈≈

有人说，爱情是两个人的事；有人说，爱情是一个人的事。

都对，也都不对。爱情走到尽头，却是两个人的责任。因为，遇见是两个人的事，而离开，则是一个人的决定。

什么时候开始眼光会偷偷转向你，看看你在做什么，你一说话就会仔细去听，心不知不觉就装满了你。

我喜欢幻想了，我变成花痴了……

我把这份喜欢偷偷地藏在心底，偶尔会情不自禁地在你面前流露出来。像我这样的人是配不上你的。真的，什么都好，这么好的人怎么会属于我。我只能远远看看而已，偷偷喜欢罢了。

你知道吗？我做梦都没有想过自己会喜欢上你。这两年来从来都没有把你放在心里的任何一个位置。可现在我喜欢你了，满心里都是你。

我不知道该怎么办？原来无比想要离开这里的我，竟然会因为喜欢你的心而无法割舍。明知道没有结果的还要去尝试，那是不是自找死路？

我害怕，你说你也喜欢我

还是过不了心的这一关吗？要怎么把自己的心从深不见底的地方拿回来？怎么挣扎，却还是一直沦陷……

看不起这样没骨气的自己，因为爱，忘记了一切。

讨厌这样的自己，讨厌无能为力的感觉。

还是决定要放弃了，开始在人群中搜索你的身影，然后希望自己可以避开，我知道，这样的你，不是我的。

也许不能洒脱，也许不能快意一些，但是，慢慢地、慢慢地，当一切风平浪静之后，我希望我会忘记曾经很喜欢过你。

"爱"发生的地方是心，没有了心就无法去爱。于是，抛开感情，回归一个人单纯的生活变成了一条修心之路。

"爱"是两个人的事，要看到对方的优点，还要包容对方的缺点。请相信，能走到最后的情感，不一定轰轰烈烈，而是岁月里沉淀出的那份默默相守和不变的细致关心。

爱情的路，通常要错过几回，痛过几次，才能遇到一生愿意相守的那人，所以当爱逝去了，就让它过去吧。

痛苦会过去的，如果时间不可以令你忘记那些不该记住的人，那么，我们失去的岁月又有何意义？

　　真正的爱情，是需要时间来等的。我们是因为自己不完整，才需要另一个人，成就一份完整。也许有的人，自己就已具足完整，所以他们终其一生所做的，是不停的向外给予。

　　因为富足，才能给予；因为匮乏，才会索取。给予永远不会挫折也不存在失败，所以喜乐安宁；索取不会永远如愿以偿，所以痛苦折磨挣扎惶恐。

　　因为它不属于你，所以连失去它都是虚妄。你怎么可能失去从不曾属于你的东西？

　　爱是两个人的事，如果你还执着、纠缠，原地打滚痛苦地爱着，时过境迁之后，你会发现，是自己挖了个坑，下面埋葬的全部都是青春。

我想最难过的事情不是遇不见，而是遇见了，得到了，却又匆忙地失去，然后心上便因此纠结成了一道疤。它让你什么时候疼，就什么时候疼。

不要对我好，
我习惯了就会　期待更多

○ ○ ○ ○ ○ ○

　　一生当中，常常会遇到某个人，他打破你的原
则，改变你的习惯，成为你的例外，然后岁月流
经，不知不觉中，他成了你思念的首选，成了你的
孤独的始作俑者，他成了一种牵绊。

01 / 我不敢远望，
怕心跟着流浪

其实我很好，只是不习惯，只是会偶尔难受一下，只是
会在某一瞬间突然很想某个人，只是会在听到某一句熟悉的
话时很难过。

动情时分 EMOTIONAL MOMENT ○○○○○○

和久别的同学相遇了，几句寒暄，我们互留了电话。

当晚，收到了她发的短信："其实那时候，我喜欢过你。"

我的心微微痛了，因为那是自己暗恋过的女孩儿。

在屏幕上输入"那现在呢?"

按发送键时却又改成了"是吗?"

≈≈≈≈

有一天，我没那么幼稚了，爱着的依旧是你，但是，我总是对自己说：我也可以过孤独的日子。

唯有如此，失望和孤单的时候，我才可以不起波澜地跟自己说：不是你对我不好，而是爱情本身就是短暂的，它曾经有多么浓烈，也就有多寂寞。

你把思念又挂在了月梢，淡淡地洒下了无数心酸，枯黄的树枝在寒风中折下了腰，背负着离别的伤，在月光下更加凄凉。

树下翻滚的叶子，舔吻着冰冷的土地，跟跟跄跄地翻落在无人角落，祭祀着生命的无奈。红尘叹息着岁月的无情，在相思中淡化着自己的色彩。

我站在窗前，有点怨恨地想你。夜漫过孤寂的牢，随意飘零着它的黑。

路旁的灯光附加着月光的悲凉，在孤独的夜里显得更加淡然。风吹起夜的孤单，在窗外留下了寂寞的呼喊，那刻的心慌惊吓了我的思念，破碎成了夜中的幽灵。

我不敢远望，怕心也跟着流浪。你在我记忆的那头，苦苦撑住了岁月的蹉跎，那份回忆折叠了我的思想，让我在你的记忆里沉浮。

曾经的那份承诺，在思念中叹息着缘分的无奈。曾经美好的相见，只会在想你时添加苦涩的味道。如诗如画的离别，眼泪总会替代想对你说的话语。

我渐渐了解，我正爱着的人，是一个很难让我了解的人。你会忘掉我在等待你，却为我写一首歌，听到那首歌之前，我从来没有想过，你对我竟是那样情深。

你有本事令我快乐，也最有本事让我流泪。你爱上一个人，说不出原因，不爱一个人，也不说原因。

生命或许偶然，红尘中的你我只是一颗尘埃，无缘的相遇只会苦了相思，你留给了我无数美好的回忆，和那无尽的惆怅。

我像个末路的剑客，找不到已往的潇洒，疲惫地戴上了想你的枷锁。

我没有停止过对你的想念，一直带着奢望在等着你，等待着那见你时的心动，你却没给我再见的希望，留给我的只是心伤的回忆。

岁月慢慢尘封过去的故事，你又掺杂在新的故事里，一切的一切都离不开你的影子。你在我的岁月那里编了个红绸带，夹在了记忆里，从此心酸伴着我度过了每份思念。

原来在乎一个人的感觉，像田间的燎原之火般，疯狂地蔓延，控制不住。越是在乎的人，越是伤你最深，越是在乎的人，越是猜不透。

渐渐地习惯你那少有的问候，渐渐地会心里暗暗告诉自己没什么大不了，渐渐地不再去猜你的心思，渐渐地习惯了一个人的晚上独自发呆，失眠到很晚而不去打扰你，渐渐地忘记了你曾说要一直等我，渐渐地忘记了曾经和你说过的那些话。渐渐地可以笑着对自己说，我可以独自承受孤独。

岁月像那流沙，淹没了青春的痴狂，却埋不了你的记忆，我依然感觉到你的存在。只因有你，思念才如此的苦，只因有你，期盼才如此猖狂，一如那停不了的思念，诉不完的情缘。

红尘已淡，思念依旧。岁月漫过思念的伤，在我心上刻了想你的疤。那无人的角落，我依然会在那里等你……（海阔天空）

02/

谢谢你，赠我空欢喜

请不要假装对我好，我很傻，会当真的。

动
情
时
分 ○○○○○○

那是大学毕业前最后一次生日聚会，女孩儿接到了她暗恋好久的男孩
儿的短信："以后每年，我都陪你过生日。"

女孩儿感动得哭了，她为这句承诺等了很多年。

第一年，男孩儿说："太忙了，晚些时候给你补过。"

第二年、第三年，男孩儿大概已经忘记了……

到第五年，女孩儿终于选择了离开，她给男人留言道："谢谢你，赠
我空欢喜，用它来祝我，每年一度的生日快乐。"

≈≈≈

感谢你，赠我一场空欢喜，那些曾经美好的回忆，已成往事。有些事，我不说，我不问，不代表我不在乎。

有些人，会一直刻在记忆里，即使忘记了他的声音，忘记了他的笑容，忘记了他的脸，但是每当想起他时的那种感受，是永远都不会改变的。偶尔想起，记忆犹新，就像当初。我爱你，没有什么目的，只是爱你。

如果我能回到从前，我会选择不认识你。不是我后悔，是我不能面对没有你的结局。

有些东西我们可以抛弃，却无法忘记，它静静地躺在记忆的深处，冷不丁醒来，让你心碎一场，激动一场，感叹一场，然后又沉沉地睡去。

比这世上任何一个人都更加热切地盼望他能幸福，只是，想起这份幸福没有我的份儿，还是会非常的难过。

岁月，始终抹不平心底仅存的对于理想恋情的期盼，所以，以为的成长，只是蹲在原点画一些无所谓的圈圈而已。当寂寥的歌声响起，恍若幻化成了另一个自己，一个虚脱在边缘的自己。

现实，于我还是太重，太多转折，并且不可避免。就像爬墙的壁虎注意脚下的时候，却忘了初衷；就像我爱你，却得不到你。

有一种等待，叫作恰逢花开，于人海里遇见，无论之前如何，以后如何。

喜欢，只是单纯的喜欢，当一开始的好感，随着那抹淡笑逐渐加深，当明明很期待，却很是害怕，已经掉进了那名为"喜欢"的漩涡，深不见底。

一直在逃避，逃避"若是接受就必然得承担"的东西，像一个游走的小丑，看别人的戏，疗自己的伤。

如果有一天，我从你的世界消失了，你会发了疯似的跑遍大街小巷来寻找我吗？如果有一天，我从你的世界消失了，你会紧跟着与我相似的背影，只为确认那是不是我吗？

如果有一天，我从你的世界消失了，你会走遍我们曾去过的角落，只为拾起那曾经属于我们的记忆吗？如果有一天，我从你的世界消失了，你会像电视里演的那样，记着我一辈子吗？

　　我想你不会，因为我不是你心目中最重要 的一个，也不是你不可缺少的一个。你的习惯，你的固执，是不会因我而改变的，即使有一天我真的消失了。

　　但是，我要告诉你，如果有一天，你真的消失了，我会痛哭流涕，就像孩子丢失了自己最心爱的玩具；我会发了疯似地跑遍大街小巷去寻找你；我会紧跟着与你相似的背影，只为确认那是不是你。

　　我会走遍我们曾去过的角落，只为拾起那曾经属于我们的记忆；我会像电视里演的那样，记着你一辈子。

　　也许，以后再也不会有如此纯粹而不计后果的喜欢了；也许，只是一场精心策划却毫无进展的戏剧罢了。只是青春，不就是在跌跌撞撞中走过的荆棘林吗？

　　而遇见你的时光，尽管只是独白，也会以一封情书的样子写进时光里，简单，美好，有渗入内心的阳光味道。喜欢，爱情，或许一样或许不一样，只是于我，就像黑夜边缘一道绚烂的彩虹看得见，摸不着。

　　有时候，越是在意，越是惶恐。拥有的时候就已经开始失去，而未曾拥有的暧昧在时间的催化之下，要么分道扬镳，要么相濡以沫。

　　也许，遇见你时，花未开，月未圆。却有一份期待已久的等待在装饰着所有，或许那时，星星都亮了。

　　就像柯景腾说过的那句话："我想做一个很厉害的人，想让这世界因为有我，会变得有一点点不一样，而我的世界，只是你的心而已"。当然，这一切，在以后的记忆里，或许，只是一个未完成的遗憾和空欢喜而已。

03 / 已经准备好失去你，又突然听到你的消息

我做好了要与你过一辈子的打算，也做好了你随时要走的准备，这大概是最好的爱情观，深情而不纠缠。

动情时分 EMOTIONAL MOMENT ○○○○○○

虽然和平分手，但心中终究还是有些舍不得。

情人节那天，他发短信告诉她："今天，要去相亲。"

她回复："祝福你，希望她是你喜欢的女孩儿。"

半个小时后，他在餐厅与她偶遇，当看到她手里与他所拿标志物一样时，他说："这真是最美的情人节！"

她说："我已经准备好要失去你了，谢谢命运给我们的第二次相遇。"

≈≈≈≈

人生如梦，繁华转眼尽成空。风雨飘摇里，几度阴晴圆缺，轻叹流年。弹指一笑间，一切却又都恍若昨天。曾经的美好，在走走停停的日子里，渐行渐远，只留下一段曾经的回忆，荡漾在心的最深处。

漫漫红尘，谁又是谁的永远？前世的多少次回眸，终只是换得今生的擦肩而过，匆匆一瞥，逝若惊鸿，谁又记得最初的美好？

我们只是路过，只是走过一段路而已，何必把回忆弄的比经过还长？

追忆是一种残酷，有时候残酷也是一种解脱。只要爱的时候是真心诚意相爱的，那么就没什么遗憾的了。被人记起或者淡忘都是一件幸福的事情。

我愿意被人淡忘，至少，伊人在水一方。又有谁说，爱之深，恨之切。爱的最终若是恨的话，又该怎么忘却？

人心时刻都在忘与念之间奔走，转身的美丽和封存的沧桑，几人能看透？几人能做到？

总以为，放下所有的纠缠，就不会再有泪，就可以不再漂泊，就可以面朝大海，等待春暖花开。可是又怎知，越想忘却偏难忘却。就那么一声轻轻的问候，就剥落了所有刻意的坚强。

原来，有许多事情，一直都不曾忘记，只是被记忆尘封，放在心底最深的角落，自己不去想起，却也不让外人触及。只是，偶尔的梦见，却还是格外的心痛，痛得自己不能呼吸。

固守千年的承诺，但我们终只是生命的过客，能点缀回忆的颜色，却不是彼此的明天。

穿不过的红尘，看不破的情缘，几世的缠绵，终还是抵不过苦涩的忘却，又有谁还记得那地老天荒的誓言？

一向固执地以为，爱情，一经入心，便是沧海桑田。

时间的沙漏沉淀着无法逃离的过往，记忆的双手总是拾起那些明媚的忧伤。

青春的羽翼划破曾经的留恋；昨日的泪水，激起心中的涟漪。总有一些画面触动岁月的神经，总有一段优美地的旋律萦绕心头，总有一段回忆深埋心底。

人世间，每个人都曾为爱痴狂过，结局无非欢喜或忧伤。又是一年冬去春来，春暖花开，是否还记得我们曾如此相爱。

林徽因说："记忆的梗上，谁没有两三朵娉婷，披着情

我害怕，你说你也喜欢我

绪的花，无名地展开。当残红散尽，又有谁知，这娉婷该以
怎样的寂寞去诠释美丽？"

青春的爱情里，总有一个人让你笑的最灿烂，让你哭得
最伤心，让你痛到骨子里。

如果爱过的人可以遗忘，如果走过的路可以重走，请许
我，用剩余的时光，换取片刻的回眸，只为，记取你曾经的
笑容。

人说，烟花是最寂寞的，一刹芬芳，拼尽所有。人们只
看到她明媚的身影和灿烂的笑容，而灿烂过后，谁解香消玉
殒、黯然神伤的痛？稍纵即逝的爱情，终是在回眸一笑中缓
缓谢幕。

爱情，是一个蛊，迷到销魂，痛到断肠。而心，一旦跌
碎，便再也收不起。

有些人，早已相识，却无关痛痒；有些人，刚刚相逢，
却已是刻骨铭心。因为爱，所以懂得；因为懂得，所以慈悲；
因为慈悲，所以放手。一眼天涯，怎忍泪雨纷飞。

关于爱情，去的尽管去了，来的尽管来着。

　　关于思念，只不过是灵魂在梵音下的一次涅槃，我哭，我笑，都是永恒⋯⋯

　　有人陪你，就好好珍惜；无人相伴，也要坦然前行。因为有些路，毕竟要一个人走。

我害怕，你说你也喜欢我

04 / 分开以后，
我将自己活成你的样子

我所认为最深沉的爱，莫过于分开以后，我将自己，活
成了你的样子。

"好久不见。"

"好久不见。"

在咖啡馆里看见了三年没见的她，她在我邻桌，我看着她喝的东西，
愣住。

"你喝的是咖啡?"我问。

"你喝的是茶?"她也一脸的意外。

很久以前，我爱喝咖啡，而她，喜欢茶的清淡……

≈≈≈≈

我一直以为你生活的样子是那么的无趣，我也曾不止一次地对你说，以后的我一定不要成为现在的你。可是现在，我越来越发现，我在不自觉地，一点一点把自己活成了你的样子。

你的微笑，是洒落在我记忆里的一捧微尘，每当捧起它们，眼睛就会忽然被迷痛。

宁可一个人偷偷地去想去念，却没有勇气再去拾起从前，借记忆的臂膀去拥抱你给过的一切，我远远地爱着你的时光，你再也看不到。不说再见，不问永远，你的世界我曾经来过。如果有一天我不能继续再爱你，也不想去伤害你。

总有一些陈旧的光阴，忽然造访了我毫无准备的心灵。即使再美丽的路，却已无法再回头。

收割起那一季的思念，心灵的阡陌重回到寂寥的从前，或许今生我不会再去播种，因为那土壤下面已经埋藏了你的名字。

为一个人将甜蜜爱尽，默默地将一段情感放在身后。那爱着的人和爱着的心，成为人生驿站里一个无法忘怀的故事。

我害怕，你说你也喜欢我

总在那些来了又去的爱情里，学会了成长感悟。初见是你的
美丽，再见却是沧桑如水的流年。

　　有很多的事情我已经都忘记了，但在某个细碎的时光里，
我还能恍然记起那么多年以前的那个生活的细节，那么似曾
相识，碎碎点点，敲打心房。那些被我刻意遗忘的过往，其
实一直在我心里很深很深的地方。连我自己都惊讶，那些原
本那么平淡无奇的生活片段，原来已经深深地渗透了我的生
活，成为了习惯。
　　我还常常说一些你曾经挂在嘴边的话，只是这些话已经
变成了我想说的话，是你早就种在我心里的话。

　　我的心没有那么大的地方，放不下的那么多的悲伤和喜
悦，我细细地筛选过滤了那些悲伤往事，让他们在岁月的尘
埃里渐渐散尽。
　　我一直认为我这一生也不会变成像你那样的人，尽管我
一直很想。但我没有想到，在你离开以后，我却不知不觉不
可阻挡地重复着你曾经做过的事，说着你曾经说的话，像你
那样爱着别人……

我终于把自己活成了你的样子，而你却看不见。

我回忆着你的目光，想象着你在我身边，也许你会很开心地笑，看我延续着你的生活。

也许，当我们再次相遇时，你会看到，一个更像你的那个我。也许，你会轻轻地和我打招呼，说一句"好久不见"，而我，也会像你打招呼那样，轻轻地说一句："好久不见。"

分开以后，我活成了你的样子，也许只有这样，我们才永远不分开。

当你想念一个人的时候，尽情去想念吧。也许有一天，你再也不会如此想念他了。到了那一天，你会想念曾经那么想念一个人的滋味；当你爱一个人的时候，尽情去爱吧，也许有一天，当你受过伤害、承受过失望之后，你就再也不会那么炽烈地去爱一个人。

可是，如果你曾经那么深沉地爱过一个人，在他离开之后的日子里，你会在不知不觉中变成他的样子。像他那样生活、那样微笑、那样思考、那样去爱。

05 / 如果不能对我好一辈子，就不要对我好一阵子

如果你不能对我好一辈子，请你不要对我好，哪怕只是一秒钟；如果你不能骗我一辈子，请你不要骗我，哪怕只是一个字；如果你不能爱我一辈子，请你不要爱我，哪怕只是一瞬。

动情时分 EMOTIONAL MOMENT ○○○○○○

他对她很好，宠得像是个公主。

这一天，他送她回家，快到的时候，他说："我们在一起吧。"

她沉默了，转身，就往家走。她很想答应，她的剧烈心跳使她无言以对。

此后，他对她冷淡了很多，她变得很痛苦，像是个被放逐了的公主，空落落的。再后来，他就彻底从她的世界里消失了，而她，却渐渐明朗了心情。

"也许他是一时冲动吧，总之，那不算爱情。"对于幸福，她总是迟疑，缓一步迈出脚。

她已经不想去知道，是她的迟疑错过了，还是那本来就不属于她。

≈≈≈≈

　　我没时间去讨厌那些讨厌我的人，因为我在忙着爱那些爱着我的人。谁对我好与不好，我心知肚明；所以没必要在需要我的时候对我好。

　　我要的爱情，一个你，一颗心，一心一意，一辈子。

　　偶然的开始，莫明的结束，终究不懂，如何才能释怀曾经心动的驿站，曾经甜蜜的依偎，曾经情感的皈依，怎能轻易割舍？

　　为何你能如此说断就断，毫不留恋，难道曾经的心动只是彼此的错觉，耳畔的承诺只是随口敷衍？或许你早已决定，这段恋爱只是今生短暂的插曲，无法断续为永恒。

　　原来，一个人就算再好，但不愿陪我走下去，那他就是过客。一个人就算有再多缺点，可能处处忍让我，陪我到最后，那就是终点。

　　我们每个人都想找个十全十美的恋人，但人总有缺点。所以，生活其实很简单，就是找一个我们愿意忍受他，又能一起走到最后的人。

我害怕，你说你也喜欢我

相爱很容易，相守却很难。爱情很脆弱，任何一个人松手，都会分道扬镳。

相爱就奔着结婚去，不要用青春赌爱情，因为我们赌不起。时间越长青春越少，用青春赌爱情，输定了。

爱情不是一阵子，有责任的爱情，是一辈子的。所以，两个人若白头偕老，就需互爱对方，愿意为对方付出，一起用力维持。

别等不该等的人，别伤不该伤的心。有些人，注定是生命中的过客；有些事，常常让我们很无奈。爱情看得淡一点，伤就会少一点。

当爱情缺席的时候，我们要学着过自己的生活。过自己的生活，就是跟自己谈恋爱，把自己当成自己的情人那样，好好宠自己。

原来，真正的爱情，不是付出全部，而是让自己成为更好的人。爱一个人没有回应，与其乞讨爱情，不如骄傲地走开。

在爱情里，最在乎的一方，最后往往输得最惨。找个让你开心一辈子的人，才是爱情的目标。最好的，往往就是在你身边最久的。所以，选爱人不需要太多标准，只要这三样：不骗，不伤害和陪伴。

有的人用一瞬间爱上一个人，而终其一辈子爱着这个人。

问题是，这只是一场旷日持久的暗恋。对方根本不知道自己曾被爱过，还正被爱着。然而，并不妨碍这爱在延续，在绵亘，在一个人的心底独自轰轰烈烈，且还要这样，而天涯海角，而此生彼生。

忘记岁月，忘了自己。

有些永恒不必彼此厮守。有的爱纯净到，除了要爱着，没有其他目的。

爱情就像海滩上的贝壳，不要拣最大的，也不要拣最漂亮的，要拣就拣自己最喜欢的，拣到了就永远不要去海滩。

如果一个人真的爱你，距离不是一个问题，它只会成为一种滋长爱情的力量。

我希望有这么一个人，给我波澜不惊的爱情，陪我看世界的风景，许我一世的欢颜。

06 / 越在乎的人，
越不能承受他对自己不好

> 如果你给我的，和你给别人的，是一样的，那我，宁
> 可不要了。

动情时分
EMOTIONAL MOMENT ○○○○○○

你当初选择和她在一起之后，我们就分开了。如今，我们见面了。这座小城不够大，不够繁华，不够精彩，所以我们不期而遇。

你问："过得好吗？"我说："挺好啊。"

你说："我不好。"

我问："你现在又是一个人了吗？"你说："是的。"

我说："为什么？"你说："我在等你，等你回到我的身边。"

我问："为什么等我？"你说："我爱你。"

我说："我也爱过你，但是我们已经不可能了。"

你问："为什么？"我说："因为在我以为，你很爱很爱我的时候，你也在很爱很爱另一个人。如果你给我的，和给她的是一样的，那我宁可不要了。"

≈≈≈≈

深夜，偎在沙发里，枕着残存的一丝温暖，我哭了。我，好像一向是那么不懂掩饰自己的人。

我的心房，溢满了你的气息，那熟悉的清淡的香水味道，淡淡地在我的心里，绕成一圈儿雾烟，迷离了一个人的、孤独的夜。

可是你也许从来不知道，一直以来，我以为你是我的唯一，那么我也会是你的全部，殊不知，在蓦然回首间，我们之间一直是不平等的关系。

我记着，某年某月的某一天，阳光下，你露出了微笑，那微笑犹如一张帆，网住了我所有的缱绻与缠绵。

从那一刻起，你的微笑，成了我的世界里的阳光，云淡风轻是我向往的日子。我多么渴望在你的眼里，沉沦下去，不问前世，不求来世，只愿今生与你一起，在这个五彩缤纷的世界里，涂抹一道最幸福明媚的色彩。

我知道你懂。你懂我的心，你懂我的意，你懂我的情。这些你都懂，可是为何，你却忍心伤害我？狠心将我一个人放逐在时光的原野，让我为了你，苦盼黎明与朝霞。

　　有的时候，极爱一个人，便失去了自我。难怪有人说："当你放下戒备，全心全意地对一个人好的时候，你就变成了瞎子"。

　　在所有的情感里，爱情尤甚。爱着的两个人，在彼此眼里，俨然是世界上最美好的两个人，缺点不再，优点满满盈盈，风也轻了，水也清了，云也淡了，雨也停了，阳光出来了，只因有彼此，只因有爱。

　　我爱你，也是如此。

　　你的一个眼神流转，便轻易俘虏了我的心，再没了矜持、再没了自我，再没了骄傲，为你，我情愿低到尘埃里。

　　哪怕低到尘埃里，我依旧是欢喜的，只要，只要能够看到你脸上的微笑，淡淡地盘旋在唇角，那么于我，日子就是甜蜜的、幸福的。

　　我的喜怒哀乐是由你对我的态度决定的，你喜，我便乐；你悲，我便伤。你的一举一动、一言一行都那么深刻地印在我的脑海，让我欲罢不能地迷恋。

　　可是，别问我你有什么好。只是我爱，便以为你的所有都是好的。

　　那最初的最初，你也是爱我的，爱得没有了原则，爱得忘记了时间。我们将爱情故事演绎得那么动人，仿佛时间停止了流逝，只为我们而驻足在这一刻，瞬间，成永恒。

　　爱着的时候，我是你手心里的宝贝，疼着、惜着、爱着，生怕一不小心便失去了。

　　爱着的时候，你是我生命里唯一的热情，暖暖地安放在心灵最深处，轻轻忆起，就是一种深入骨髓的幸福。

　　美好的事物总容易消逝，难道我们之间的爱也是如此吗？

　　我以为，彼此握紧的手，是任何困难都不会冲淡的坚定；我以为，我们内心里的执着，是时光无法推移的牢固；我以为，你爱我，一如我爱你，那么笃定，恰似磐石。

　　可是，为什么到了最后，我们之间除了争执，再没了往日的温存？那些甜蜜的过往，被一日复一日的争吵取代了，温情不再，欢乐不再，幸福不再。唯有的，只是对于过往甜蜜的放不下。

　　不在寂寞的时候相爱，却在分手的时候，被锥心刺骨的寂寞所侵袭。寂寞伴随着夜的降临，在我的梦里纠缠。没有你的日子，我失去了所有的兴趣与热情，变得颓废、落寞、失望，看不到一丝阳光。

　　我们之间，陡然沦落为最熟悉的陌生人，躲在没有彼此的城市里，偷安。

　　一年、两年、三年，数载之后，浮浮、沉浮之后，我才发现，原来，我们之间的过去，再美好，也已经是往事，是永远无法追寻的曾经。

　　你在我的生命里，已经是过去式。

　　也许，当初不该与你那么近，以至于我到现在都无法适应与你突然疏远的距离；也许，曾经不该与你那么好，以至于现在我们不好的时候，我也会如此不好。

07/

你不敢给予，我不敢奢望

当我感觉不知所措时，我就会想到你。想到你已不属于我了，我便暗自庆幸，因为你若出现，只会让我更加不知所措。

动情时分 EMOTIONAL MOMENT ○○○○○○

她牵着她男友的手，和他擦肩而过。

她回头，他也回头。

他看着她牵的她男友的那只手，心里隐隐作痛。

她的男友正是他的小学同学，她的男友和他打着打呼，惊讶地说："太不可思议了，听说你出国了，竟然还会在这里看见你。"

他发了发呆，并没有听到她男友的话，只是看着那只手。

她的男友问她："你们认识吗?"

他们同声地说："不认识。"

我害怕，你说你也喜欢我

≈≈≈≈

　　尽管我曾经那么期待着你的关心，可我已经被期待折磨得凉透了心。

　　我想，过阵子再确定能不能喜欢你吧。只有这样，我就能知道，你是否是三分钟的热情，我也能知道，我是否做好了应对最坏情况的准备。

　　我选择等待，并不是说，我不向往你的爱情，而是想证明我对你的一份痴情！

　　要知道，我从见到你的那一秒钟起，我就爱上了你。

　　我知道，许多爱你的人对你这个被宠惯了的人常常说这句话。但是我相信，没有一个人像我这样盲目地、忘我地爱过你。

　　我对你永远忠贞不渝，因为世界上任何东西，都比不上孩子般在暗地里悄悄所怀的爱情，因为这种爱情如此希望渺茫、曲意逢迎、卑躬屈节、低声下气、热情奔放。

　　只有孤独的孩子才能将他们的全部热情集中起来，其余的人则在社交活动中滥用自己的感情，在卿卿我我中把自己的感情消磨殆尽。他们听说过很多关于爱情的事，读过许多关于爱情的书。

　　他们知道，爱情是人们的共同命运。他们玩弄爱情，就像玩弄一个玩具，他们夸耀爱情，就像男孩子夸耀他们抽了第一支香烟。

　　但是我，我没有一个可以向他诉说我的心事的人，没有人开导我，没有人告诫我，我没有人生阅历，什么也不懂：我一下栽进了我的命运之中，就像跌入万丈深渊。在我心里生长，那里安放的就只有你，我在梦里见到你，把你当做知音。

　　在我的心里你就是——我该怎么对你说呢？任何比喻都不为过分——你就是一切，是我整个生命。人间万物所以存在，只是因为都和你有关系，我生活中的一切，只有和你相连才有意义。

　　我的心像琴弦一样绷得紧紧的，你一出现，它就不住地奏鸣。我时刻为了你，时刻处于紧张和激动之中，可是你对此却毫无感觉，就像你对口袋里装着的绷得紧紧的怀表的发条没有一丝感觉一样。

　　怀表的发条耐心地在暗中数着你的钟点，量着你的时间，

用听不见的心跳伴着你的行踪，而在它嘀嗒嘀嗒的几百万秒
之中，你只有一次向它匆匆瞥了一眼。

　　每次看戏，我在入场时都抱着一个平常的心，一直地看，
直到看到某一幕、某句对白、主角的某一个眼神时，我就会
决定，因为这个点、这个细节，我喜欢或讨厌这出戏。我总
认为，无论去留，都有个做决定的点吧。

　　因此我努力回忆，到底我是在哪个点让你决定不再想爱
我，哪句话令你不愿再跟我走在一起。

　　会不会是我要求了什么，令你开始讨厌我？还是我没有
要求什么？是我讲了什么？还是我某些话讲得不够多？是我
忽略了你感受？还是我拥你拥得太紧？

　　你，我，我们，都不知道。

　　当初的爱恋，还在眼前萦绕。你就好似上天给我设置的
一个圈套，让我奋不顾身地跳了进去。让现在痴心的我，不
能离开，不能逃遁，我把所有的力气都用来爱你了。

　　如今的我，已经没有了力气去逃离你的掌控，也没有勇
气离开你的左右，我像是一个爱情的傀儡，一个爱情的木偶，
任你操纵。

　　蓦然回首，发现镜子里憔悴的自己，才明白一个道理：原来，不爱的人，是感受不到离别的煎熬的，只有我这样飞蛾扑火、痴心不改的人，才会受到痛彻心扉的煎熬。

我害怕，你说你也喜欢我

08 / 如果仅仅是喜欢，
何必夸张成爱

　　爱情常常把人抽空，留下一具空躯壳，然后扬长而去。
所以我，始终对爱情有戒心。我能接受一开始就单薄的爱，
却接受不了一份爱由浓转淡。

动
情
时
分 ○○○○○○

　　她接到喜欢了七年的他的电话。

　　他对她说："我们在一起吧。"

　　尽管听到电话那头别人的窃窃笑声。

　　她还是淡定地说："好啊。"

　　然后她问："大冒险又输了吧?"

　　他说："我选的是真心话。"

≈≈≈≈

越长大越是小心翼翼，越是瞻前顾后，越是脆弱。成长，带走的不只是时光，还带走了当初那些不害怕失去的勇气。但如果仅仅是喜欢，又何必夸张成爱？如果仅仅是喜欢，又有什么舍不得？

总要慢慢成熟，将这个浮华的世界看得更清楚，看穿伪装的真实，看清隐匿的虚假，很多原本相信的事便不再相信。但是，要相信，这个世界里美好总要多过阴暗，欢乐总要多过苦难，还有很多事，值得你一如既往地相信。

从前有一个人突然闯入你的生活，教会你什么是爱了，然后他就离开了。其实，说明了你的一生之中至少有两件最幸运的事情；一件是时间终于将你对他的爱消耗殆尽；另一件事，很久很久前有一天，你遇见过他，那个让你心动，又心痛的人。

很多时候，你会因为一个名字而喜欢上一种东西，因为一种颜色而喜欢上一种花，因为一种气质而喜欢上一个人。你可以喜欢的东西有很多，但真正喜欢的，或者可以称之为爱的，却一个都没有。

喜欢是一个很奇妙的东西，它来源于某种感觉，某种似曾相识的熟悉，某种一见如故的缘分，某种一见钟情就再也舍不得放开的心情。

你会分不清究竟是因为一个东西从而爱屋及乌地喜欢上它的名字，还是因为一种花而喜欢上这种颜色，又或者是因为一个人而喜欢上他的气质及所有。

所以，喜欢可以，但请不要将爱泛滥，不要那么肤浅地只看见一个东西，又或者是一个人的表面就喜欢上，还敢大言不惭地说爱，你爱吗？

你仅仅只是因为有那么一时刻的喜欢就把它定义成为爱，这一切就太轻浮了，请问你有了解过它吗？你知道它的过往吗？你仅仅只是有那么一点点的喜欢就可以把它夸张成爱了吗？

如果你真正地爱一样东西，又或者是爱一个人，应该是想着要将它藏起来，不被人发现，就像是自己的私有物一样。因为在爱里面，人都是自私的，没有谁会愿意将自己真正爱的东西分享，这不是小气，而是因为爱到深处，不能自己。

如果你可以将自己喜欢的东西送人，恐怕你应该自我反省一下：这真的是自己很爱的东西吗？如果真的喜欢又这么舍得将它送人呢？喜欢是可以与人分享的，而爱却不能。

生活中就有这样的事：你接连数月每天都碰到一个人，于是你同他的关系便十分亲密起来，有可能是喜欢，但绝不是爱。你当时甚至会想：没有了这个人，还不知怎么生活呢，但这依旧不算是爱。随后两人分离了，但一切仍按先前的格局进行着。你原先认为一刻也离不开的伙伴，此时却可有可无。日复一日，久而久之，你甚至连想都不想他了。

所以说，忘不掉的是回忆，继续的是生活，错过的，就当是路过。

一路上的行走，你会遇上很多人。有的人也许是陪你走一站的，有的人也许只是一个过客，于是生命中留下了许多逗号，一段经历一个逗号，一段感情一个逗号，一段付出一个逗号，无数个逗号的等待，只为最终那个句号。

心应该有一个自然的脱落过程。渐渐地，不重要的会更不重要，以至于背向告别；重要的会更重要，并且彼此相遇。所以，不要强行卸除，也不要徒劳期待。感受它的讯息，就这样不疑不躁地往前走吧。

　　你会发现，最后留在你身边的，是真正懂你的好，还乐于告诉别人的人。别对承诺有幻想，别对永远有期待，让时间筛选真正爱你的人。

| SIX | 有多少人，
以友情的名义
爱着　一个人

○ ○ ○ ○ ○ ○

和久别的同学相遇了，几句寒暄，我们互留了电话。当晚，收到了她发的短信："其实那时候，我喜欢过你。"

我害怕，你说你也喜欢我

01 / 前进走不完距离，
后退走不出回忆

　　有一些人，这辈子都不会在一起，但是有一种感觉却可
以藏在心里，守一辈子……

动
情
时
分　○○○○○○

　　"我女友临时有事，你假扮一下她，跟我去见我父母好吗?"他在电
话中急切地请求。

　　"好吧。"她打扮完前去。

　　见完他的父母后，他感激地握住她的手说："真的很感谢你!"

　　"没什么，举手之劳而已。"她冷冷地抽回手，口是心非地回答。

　　其实，她心里正难受着："我知道我只有假扮的份儿。其实，我是多
么心甘情愿能假扮一辈子。"

≈≈≈≈

　　我们都曾经爱着对方，真实而深刻地爱着，却被那要命的自尊挡在门外，不敢跨出那一步，宁愿看着对方牵起别人的手。然后在很久很久以后才明白，原来你也这样地爱过我。

　　如果当初我勇敢一点，结局会不会不一样？但没有人能回答，空气里也只剩下一句"事到如今……"便没了回音。

　　都说世界上最幸福的事是你喜欢的人恰好也喜欢你，但如果不知道对方的喜欢而错过，是不是应该叫做世界上最遗憾的事。

　　其实爱情本来是简单的，一句我喜欢你作告白便已足够。但我怕你不喜欢我，到最后尴尬难堪。我原可以转身离开，但我舍却不得你，也怕你因为失去朋友而难过，所以，那就这样吧，就这样，就足够了。

　　我开始扮演起你最好朋友的角色，听过每一首你爱的歌，看过每一部你喜欢的电影。你推荐的书不睡觉也会将它看完，连你喜欢的食物也开始尝试，并且竟然让自己从此相信这就是自己最爱吃的，为的就是和你有更多的共同语言，让你觉得我不至于乏味。

悄悄地翻过你的每一条状态，看过每一张照片，就连下面的评论也一条不落，然后再点击删除来访记录，为的就是看到你眼里那惊喜的光芒，哪怕只是说一句"你竟然知道"。

这一刻燃起的成就感，仿佛能盖过所有的难过和无奈。

有时候就是这样，爱了你好久好久，不开口是因为觉得你明白我的，你只是不够成熟，玩够了自然会回到我的身边。可是我太过自信，直到最后一刻才发现自己终究是败了，你和那个刚刚认识的姑娘牵手了。

为什么在一起那么难？我怕自己不够好，尽管你那差劲的恋人连我的一半都不及。我担心你不喜欢我这类型的，尽管和我在一起的时候，你笑得比任何时候都多。我觉得自己太粗枝大叶只适合当哥们，尽管你一个小动作，我便明白你的喜怒哀乐。

我总是有太多的理由，仿佛有一条巨大的沟壑横在我们面前。

有人说，感情里最苦涩的是暗恋，因为对方永远不知道你喜欢她。但我说，最苦涩的莫过于我借友情的名义爱着你。

明明那么近，却不能触碰，因为不想离开，却要忍受你和别人的一次次的恋情，看着你的每一次哭泣和欢笑。很多时候，明明有很多话想对你说，可是见到你的时候，却什么也说不出来。于是，用笑得更大声来掩饰那落寞的表情，拍拍你的肩膀说一切都会好起来的，拼命抑制住想要拥你入怀的冲动。

哪怕，最后看着你和别人进行着甜蜜的恋情，也只能笑着祝你幸福。

其实，我想说的是，被爱的人不用抱歉。

我也许会无数次难过，懊悔，恨自己的矜持和谨慎，让我错失了心爱的人。其实我早就明白，长久的陪伴只是为了让自己不后悔，假若能在最后牵起你的手固然是好的，但若没有，也不会太遗憾，因为我们已经互相成为生命中最珍贵的记忆之一。

若干年后，相信我可以笑着说出那句"我以友情的名义爱过你"。只是故事的最后，我们没有在一起。

我害怕，你说你也喜欢我

02 / 有多少人，
以友情的名义爱着一个人

将来，也会有人懂你、珍惜你，像我喜欢你一样的方式
喜欢你，想到这里，我就轻松了好多。

动
情
时
分 ○○○○○○

在女孩儿暗恋男孩儿的第四年，男孩儿买巧克力送给另一个人，还让
女孩儿帮忙写情书。女孩儿心酸，但还是认真地帮他找了许多告白的句
子，让他抄下来。

他写到第五十次才满意，兴奋地跑了出去。她则叹气着帮他把写得不
好扔在地上的情书收拾好。

回到家，她把情书上面女孩儿的名字划掉，轻轻地写上自己的名字，
红着眼眶微笑起来。

≈≈≈≈

　　曾经多少次在无聊的时候想起你的形象，多少次在陌生的场景里遇见你的身影，不知不觉，却发现已经喜欢上你了。遇见你是命运的安排，成为了朋友是我的选择，而爱上你是我无法控制的意外。

　　如果友情也是一种爱，我们曾那样深深地爱着彼此，一路艰难相扶，走过那几年又傻气又甜蜜，足够回忆一生的青春。

　　当我走在街上，偶然碰见和恋人一起走的你，我的眼睛不经意地看到幸福的那两个人牵的手，也要装着毫不在意地笑一笑。因为正在以友情的名义爱着一个人，必须学会忍耐，然后，可以在背后偷偷地流一滴泪。

　　在商店的橱窗里看见了你喜欢的一些东西，只能视而不见。如果还是忍不住想送给你，也要这样说："这是本来想送给别人的，还是给你了。"

　　其实根本没有想到别人，只为你买了那些东西。如果正在以友情的名义爱着一个人，必须这样做，然后，可以在背后偷偷地流两滴泪。

　　听到你病了的消息，也要和周围的朋友一样，只能担心

我害怕，你说你也喜欢我

一点点，只一点点。其实，很想知道你哪里疼，怎么疼，很
想分担你的痛苦，心如刀割，焦急，但是还是要装着泰然。

如果正在以友情的名义爱着一个人，必须这样做。然后，
可以在背后偷偷地流三滴泪。

有些时候，或者在呼吸的每一个瞬间，都在想念你，也
要忍住。即使很想很想你的时候，也只能用声音代替这份相
思苦，也要安慰自己这是你的声音。如果这样也不足，那么
也只能以不合逻辑的名义约你出来，解这份相思苦。

如果正在以友情的名义爱着一个人，必须要学会忍耐，
然后可以在背后偷偷地流四滴泪。

有一句话很想对你说："我爱你。"这一句不长的话，很
想要自己亲口传递给你的话，不应该在不经意的时候说出来。
即使这样也忍不住说的时候，也要用你听不懂的方式开玩笑
似地带过去。

如果正在以友情的名义爱着一个人，必须要学会自我宽
慰，然后可以在背后偷偷地流五滴泪。

有些时候，面对难以接受我们的爱情的人，只能利用友
情的名义，成为继续留在他身边的人之一。

　　人与人的相识，就如流星，纵是瞬间的碰撞和燃烧，那份震撼和感动却照亮了一生，这样的相遇本该是爱情，可我们之间，却是友情，不用说山盟海誓，依然能够地老天荒。

　　我以友情的名义爱着你，更多时候是去懂你，如俞伯牙和钟子期，弹奏高山流水的恢弘大气，荡涤内心的清明。我们听懂了彼此内心的声音，读懂了对方的眼神，然后在各自的世界里，绝不犯规。

　　当我沉默地面对着你，你又怎么知道我曾在心里对你说了多少话。当我一成不变地站在你面前，你又怎么知道我内心早已为你千回百转。

　　以友情的名义我爱了你那么久，可我们最后没有在一起。我以友情的名义爱着你，美好又含悲伤，绝望又有希望。

03／我好想你，
却不露痕迹

> 对你最好的那个人，换句话说，也就是最好欺负的人。
> 天下间的女孩儿，总是最会欺负对她最好的那个男孩儿。

动情时分 ○○○○○○

女孩儿是个神经大条，接人待物总是大大咧咧的。

男孩儿喜欢这个女孩儿，却从不露痕迹。所以当男孩儿多次靠近女孩儿时，女孩茫然不知，整天没心没肺地胡闹，她觉得，这个世界，没有性别，只有嬉笑。

某天，女孩儿拿了柠檬，有点恶作剧地对男孩儿说：打赌，你肯定不能吃下去。

男孩儿依旧不言语，慢慢地、淡定地把柠檬吃掉了！

女孩儿的心跳乱了，这才发现，他是个男孩儿。

≈≈≈≈

　　我好想你，却不露痕迹，就像是一只鸵鸟，把头埋在深深的沙子里，以为这样就可以逃离，以免面对有你和没有你的世界。

　　我变得没自信，怕失去，怕被拒绝，怕我根本在你心中没有地位。

　　我爱笑，你竟然是我放声大哭的唯一原因；我爱闹，你是我失落安静的唯一原因。

　　习惯一个人看雨中的风景，能让心情很静很静，似乎每滴雨儿都裹着你的身影，滋润着我的眼睛。

　　习惯一个人看天上的星星，能让思念很浓很浓，似乎每颗星星都闪烁着你的神情，羞红了我的容颜。

　　爱你一直很安静，爱你或许你不懂，雨中的风景有着潮湿的心情。

　　我想要的幸福，或者是你偶尔的关心；我想要的幸福，也许只是你抽空而来的一个微笑，又或者只是你一个吃醋的表情。我想要的，只是一个拥抱，不用太温暖、不用太用力，轻轻抱抱就好……

　　人是一种渴望持久感情与安稳生活的动物。即使如此，如果遇到挽留不了的人和物，就不必挽留。

　　人的一生太多地表达了自己的惊恐和不安。所以，未曾开口，有多在乎都深埋在心底。朋友说，那是害怕失去，所以默认，不做解释。

　　淡然地面对生活，安静地面对感情。人真正的淡然，不是装出来的。真正安静的爱，是那种因为琐碎，少有波澜的生活，才能孕育出的安静，是少有索求的心，才能藏住炙热而深沉的爱。

　　在这个人人浮躁、流行速食爱情的时代，不是每个人都能在自己的内心深处为自己的真爱留一个安静的空间，选择彼此安安静静地去享受那份来自心灵深处的纯洁，高尚，不掺杂任何名利、金钱。

　　安静的爱，听起来似乎很美，但要真正做到这一点却极其不易。但你若真正地爱上一个人，你就会很安静地爱着他，哪怕交换来的，只是偶尔的关心。

　　当你静静地思念着自己心爱的人的时候，温暖就会从你身体的每个毛孔溢满全身，这样的幸福会让你被爱包围，让你烦躁的心情获得片刻的安静。

学会忍耐，学会替对方着想，学会控制自己的情绪，学会安静地去爱，把心爱的人放在自己灵的最深处，彼此用心交流。

那种安静的爱就如同盛开在角落里的玫瑰，虽然失去了众星捧月般的陪衬，虽然没有万众瞩目的祝福，但却依然安静地盛开在两个相爱的人心中，散发着淡淡的、持久的清香。

如果此生不能相随，希望我们能如一朵云飞过清溪，彼此不留影子才好；如果此生能够相随，希望能像清风比邻水面，彼此静安和宁。

我害怕，你说你也喜欢我

04 /

友情以上，恋人未满

> 人都有一份孤独，再繁华的热闹，有一颗冷心观红尘，
> 但唯独他，一眼洞穿你的清寂，一眼明白这世间所有的繁华
> 不过是你和他身边的过眼云烟，他会在众人之间一眼看到你，
> 然后读懂你，明白你，不是爱情，胜似爱情。

动情时分 ○○○○○○
EMOTIONAL MOMENT

他和她是好哥们儿。

"我喜欢你！"他对她表白。

她以为他是要耍她，说："别开玩笑了，不好笑。"

没听他解释，她转身就走了，她讨厌拿这种事开玩笑的人。

一个星期后。

"我喜欢你！"他再次的对她表白。

她还是不信，她以为他因为上次要不到自己，而又想再来耍她，她
说："别开玩笑了，别耍我了好不好。"

说完，他还来不及解释她便又转身走了。

再后来，他们成了无话不说的朋友，而他再也没开那句"玩笑话"。

≈≈≈≈

　　你与他偶尔是会打照面的，只不过是在梦里，因为潜意识的指引，这个照面仿佛是电影里的特写，就是那种宇宙洪荒只有彼此的眼光。

　　他看着你，你看着他，眼中只有彼此，世界诸端通通静寂。这一个照面过去了，你梦里梦外与他的相交也岔开了。

　　再之后你醒过来，屋里似明似暗，你整个人也像是睡了好几千年，但那一个照面的情景仍旧在脑海里，在你坐着醒神的那一会儿里，仿佛是要侵扰你下半生的那种前奏。

　　但现实是：你们相识，只是朋友的身份。

　　有一种朋友，那是一种介乎于爱情与友情之间的感情，你会在偶尔的一个时间梦见他，然后默默地想念他，想起他时，心里暖暖的，有一份美好，有一份感动。

　　在忧愁和烦恼的时候，你会想起他，你很希望他能在你的身边，给你安慰，给你理解，而你却从没有向他倾诉，你怕属于自己的那份忧伤会妨碍他平静的生活。

　　你会因为一首歌曲，一种颜色，想起他。想起他的真挚，想起他的执著，想起他那曾经一起经历过的风风雨雨。

因为有了这样一个朋友，你会更加珍惜自己的生命，热爱自己的生活，因为你知道他希望你过得很好，他希望你能好好地照顾自己，再见面时，他希望你能告诉他你很幸福。

那些世俗的观念，在你的心中，因为他的存在而变得苍白无力，你只是在心底深处为这个人设置了一处小小的空间，静静地固守着那份美好的回忆。

从一开始你就知道，在你们之间不会有什么爱情，似乎谈起爱情就亵渎了这份情感，这只能是一种友情。这到底是怎么一回事呢？你想了许多年，却始终没有头绪。

你们很少联络，在这长长的一生中，你们相聚的时光也许只有几万分之一，但是在彼此的心中都保留了一份惦念，一份嘱咐，就算他去到天涯海角，就算过了许多许多年，就算再见面时，早已是人非物亦非了，你仍然会那样深刻的记着这样一个人，这已经足够了。

生活有时候平静的会像一口枯井，也许你也会掉进这口枯井里去。也许你没有什么天荒地老、海枯石烂的爱情，也许华发早生、满鬓苍白。

但是有了这样的一位朋友，在你的生命中就会有些许涟

漪，些许色彩，你想着他，默默地记起他，也许此生此世都
不会忘记了。

其实，现在慢慢回忆起来，那时心情会大起大落，有幸
福的时候，也有绝望的时候，都算是一份独特的经历。也许，
他就是教会了你成长的那个人。

你从不恨他，只是卑微地希望，他偶尔回忆高中生活的
时候，会想起曾经有一个女生偷偷地喜欢过他。

你很感激在这个世界上，有这样的一个人，他不在你的
身边，他也并没有为你做些什么，你却希望，他会过得很好，
长命百岁，子孙满堂，幸福安康……

你也很高兴有过那样的一份感情，纯净而又绵长，在这
纷繁复杂的人世中，有这样的一个朋友，值得你去祝福，去
思念……

我害怕，你说你也喜欢我

05 / 你那时很好很好，
我却偏偏不喜欢

在有些人离开之后，才会发现离开了的人才是自己的最爱。

动
情
时
分 ○○○○○○

她去参加一个追了她很久的男孩子的婚礼。虽然那个男孩曾经用了很大很大的力气去追求她、讨好她，可惜她觉得自己从来不爱他，所以她更多地是在享受男孩对她的宠爱，并且习惯了给男孩儿冷漠。

在新郎新娘交换戒指的时候，她的心忽然疼了一下。她忽然意识到自己已经不是他手心里的宝，他的公主了。

她终于明白：在你为一个人心疼的那一刻，其实已经错过了他。

≈≈≈≈

 我终于了解，原来自己错过了那么多。曾经可以陪在我身边的时光，让我最终一点点失去了对爱情的信心，想起这些，比失去你，更让我心痛。

 如果选择离开我，能让你感觉快乐一点，我希望你不要回头，勇敢地往前走；如果可以让时间倒转，我一定会更加珍惜你，不会让这一切，变成可惜。

 人生何处相逢，或是天命，抑或人缘。

 向来缘浅，奈何情深，你那时很好很好，我却偏偏不喜欢。当我意识到这一切时，你早已不在我身边。和你之间，我的脚步似乎总是迟来。

 不是所有的梦都来得及实现，不是所有的话都来得及告诉你。内疚和悔恨，总要深深地种植在离别后的心中。

 尽管他们说，世间种种，最后终必成空，我并不是立意要错过。可是我，一直都在这样做，错过那花满枝桠的昨日，又要错过今朝。

 爱情，是人生中最无法预知的变项，正因如此，让我们彼此心中都系有那个深深的结。有人在爱与被爱间徘徊，有

我害怕，你说你也喜欢我

人在追与不追中犹豫，有人为此放弃了本不应该放弃的，有人为此错过了本不该错过的，却成了永久的过错！

水暖水寒鱼自知，花开花谢春不管。夏天来了，我们才想起了采撷花朵，可是我们已经错过了花期；汽车开动了，我们才姗姗来迟；当那个朝思暮想的人就站在面前的时候，我们却茫然地让其擦肩而过。

错过了花期，错过了出发，错过了佳人……人生中该有多少错过啊！

如果来年春天，你看到柳絮飞舞，飞飞扬扬之间又滞留着几许思念，那是我送你的礼物，愿春天与你相伴；如果来年夏天，你闻到阵阵花香，香气扑鼻，看到朵朵夏荷，纯真浪漫，又有青松翠柏，茂盛异常，带给你无限生机，你是否会想起我？

而或金秋，走在林阴小道上，落叶纷飞，满地堆积，恰如遍地黄金，金光闪闪，给你带来温馨，你会否想起我？冬至飞雪，白雪如羽毛般纯洁，堆积成一个个惹人喜爱的尤物，当看到那一切，你会否想起我？

还记得，在我因烦乱的事情而失去方向的时候，总会有你为我在黑暗的夜晚指点通往光芒的道路……

还记得，在我因身旁的事物而暴跳如雷的时候，总会有你在疯狂的境遇里为我找到冷静的理由……

还记得，在我因凡事的得失而暗暗悲伤的时候，总会有你在深沉的山谷里让我发出感人的笑声……

还记得，因为你，我了解了事物该有的变迁；因为你，我学会冷静；因为你，我学会怎样用正确的方法来表达我对身边人的爱……

因为你，我学会了太多，领悟了太多，得到了太多，在我感觉自己越来越幸福，拥有很多进步的时候，带给我这么多的你，却离开了……

猛然的离开，晃得我心疼，我无法释怀，前一刻，心中那不深不浅的感觉又翻涌上来，你在哪里？

有太多借口忘了很多事，忘了吃饭，忘了睡觉，忘了生活，忘了包容，忘了体谅，忘了用心，忘了倾听，忘了诉说。我们总吝啬自己的语言，那一句"我想你"哽在喉咙里却怎么也说不出口。

爱一个人，一定要让他知道，因为，你不会知道，他是不是也正好爱着你。

我害怕，你说你也喜欢我

　　当一个人习惯了另一个人的存在的时候，即使没有喜欢和爱，依旧会感到失落，会有点难过。

　　我们都能勇敢地面对"你爱的人不爱你"，但是谁都无力面对"一个爱你很久的人转身离去"。或许，有一天当他真的离开了，你会发现，真正离不开彼此的，是你，不是他。

06/

谢谢你，喜欢过我

喜欢一个人，撑到最后，都变成了自恋。那个被喜欢的
对象不过是一个躯壳，灵魂其实是我们自己塑造出的神。明
白这件事之后，我突然一阵失落。原来我害怕的，根本不是
你从未喜欢我，而是总有一天，我也会不再喜欢你。

动情时分 EMOTIONAL MOMENT ○○○○○○

他和她是大学四年的好朋友，他结婚那天，她主动请缨全程跟拍。

半个月后，他来找她："你拍的照片呢，礼仪公司拍得太差！"

她歉意地说："真不好意思，弄丢了。"

"丢啦？不会吧"他坏坏地笑了笑，然后熟络地从书柜上取下了相机。

她阻止不了，眼睁睁看着他，然后呆住。

他苦笑，照片没丢，只是没有新娘的镜头而已。

≈≈≈

地球上有那么多国家，那么多的岛屿，那么多的人群，而我们，却奇迹般的相知相遇。像大雄遇到多啦 A 梦，海绵宝宝遇到派大星，像藤原拓海遇到夏树，像百合遇到雪花。

这个时间，这个地点，不早不晚，我们能够遇见，这是多么大巧合的事情。而你曾经还喜欢过我，这又是多么神奇的事情。

我们认识已经五年了。

你那天告诉我，你认识我是在我上台做自我介绍的时候。我很惊讶地问你，怎么记得最初认识的场景呢？你笑笑说："嘿嘿，就是记得啊……"

因为我一直认为两个人特别是很要好的朋友之间，很难得记得最初相识的场景。

这让我想起这五年，我们的友情。准确地说是，超越友情，未及爱情。

其实，从朋友口中，我知道你喜欢过我，但没有对我说出口。

也许你对我的包容，就是从这种未说出口的喜欢中"变质"过来的吧。

你真的是仅有的能容忍我的坏脾气的人吧。心情不好的时候，和你聊天，你成为我的垃圾桶，以最大容量包容我扔出的所有的垃圾，甚至有时情绪会波及你。

你会在最短的时间内，回我的短信或电话。

你会是在我不相信我自己的时候，一直鼓励我的人。

在你的意识里，我一直是优秀的，我什么都能做到，而且做到最好。

你就是这么鼓励我的。

我们之间，因为是我先知道你喜欢我，所以我知道，有些事情是不能说的。

反而这两年，你交女朋友了，感觉和你什么都能说了，甚至想什么都一起分享。

之前，有一天，我对你说："突然想写信了。"

你说，"写给我吧。"

写信给你之后，短信对你说，"记得去拿哦"。

从那之后，我隔个两三天就短信给他一个，问你收到没有。一个多月后，你说，"我每天都去找，那个管理员阿姨都说我'你真是执着啊'。现在终于到了……"还絮叨到，就

我害怕，你说你也喜欢我

是因为我的字写的太小了，你之前才没找到。

　　半个月后，我收到了你的回信。原来在你眼里的我，和我想做的那个我是那么契合。

　　你还告诉我，你本来在一把扇子上写了一首藏头诗，向我表白的。可是后来一直没拿给我，现在还藏在柜子里。

　　你还告诉我，在之前我骨折住院的时候，你因为有事才没有和大家一起来看我的。后来又因为自己一个人不好意思，就一直没来看我。

　　你还告诉我，我笑起来的时候最可爱。

　　不管你装得再怎么像普通朋友，我还是可以感觉到你对我的喜欢。不，应该说是重视。你对我，很重视。让我觉得，自己很幸福。

　　我很喜欢你喜欢我，我只是觉得，后来的人都不够喜欢我。经历过你是怎么喜欢我，我就会觉得其他人对我的喜欢，无论如何都没办法跟你相比。

　　谢谢你，原来没有告诉我这些。
　　谢谢你，以前喜欢过我。
　　谢谢你，让我们的友情一直到现在。

有多少人，以友情的名义爱着一个人

　　我不知道，我们的这种友情还能走多远。但我知道，只要我愿意，你会一直在我身边的。

　　我想说，谢谢你的包容。当你在的时候，我真的很踏实。

　　"晚安，"这是你不变的问候。

我害怕，你说你也喜欢我

07 / 我把青春耗在暗恋里， 因为友情比爱情长远

> 在两个人的感情世界中，长久维持的，不是心有灵犀的
> 睿智，不是旗鼓相当的欣赏，更不是死心塌地的仰望，而是
> 心疼，是怜惜，是两难境地里那沁入骨髓里的舍不得。

动情时分 ○○○○○○

他喜欢她，每天送她一颗桃心，她也喜欢他，但他们都不明说。

她对朋友们说："他若是送足了 520 个桃心，我就和他做恋人。"

他听朋友们说了，只是笑笑。

好久好久之后，她数了数房间里的桃心，一共是 519 个。还差一个她就会接受他，可这一天始终没有到来。

多年以后的一次聚会上，他和她又见面了。

她问他："为什么不送最后一个。"

他说："因为朋友比恋人更长久。"

≈≈≈≈

友情，进一步可以成为爱情；爱情，退一步却不再是朋友。

所以我们之间，选择成为长久的朋友，而没有勇气为爱情冒险。所以我们之间，更像是在继续暗恋，既没有正大光明的恋情，也不是苦大仇深的单恋，而是不温不火的友情。

单恋是痛苦的，但暗恋却是最美的。在一切都还来不及开始的时候结束，才是最令人回味的。

在他的心里投下一颗石子，那浪花小小的，水波慢慢地散开，轻轻的扑打着他的心房。那些微的颤动介乎爱情和友情，很微妙，很温暖，也很窝心。

虽然相见也和从前一样，但是我们相望的眼里渐渐的有了些内容。你会牵念我的身影，我会盼望你的脚步。当我们有机会并肩站着的时候，会觉出对方的温暖，但仅仅是这样。

最后，尽管他们都离得很远，尽管只有我们两个人，但那些话，终究没能说出口。佛祖拈花，迦叶微笑，我们都已会意，但终究没能说破，却只是因为太过在乎！

或许，每个人的生命中都曾有过一场暗恋，或华美、或平凡，或长久、或短暂，或轻描淡写、或刻骨铭心。

我害怕，你说你也喜欢我

　　总之，那些或深或浅、或浓或淡的情愫，都曾悄悄地来
过并且深深地藏在我们的心底，为我们斑斓的回忆留下了一
道甜蜜而忧伤的风景。

　　暗恋的心是卑微的，卑微到不敢面对他温暖的笑容，不
敢正视他清澈的眼神；卑微到不敢表露自己的一片深情，只
能无奈的把它放在心里；卑微到没有勇气走进他的生活、分
享他的喜乐。
　　所以，不管你的爱有多深、有多浓，你都只能默默地走
在他身后，躲在喧哗的人群，做一个忠实的守望者，守望着
他的幸福。
　　你害怕与他相遇时脸红心跳的尴尬，却又总是期待着与
他有一次浪漫的邂逅。你总是会在与他擦肩而过时，羞涩地
低下头不敢看他那张早已熟记于心的脸，却总是会悄悄回头
偷看他远去的背影。

　　暗恋也是寂寞的，因为不管你有多努力、有多用心，故
事的主角都只是你一个人，一个人上演着波澜起伏，而另一
个人的世界却依旧平静如水。
　　你为他哭过、笑过，痛过、伤过，可是这些都只是你自

编自演的剧情，虽然你华美的故事里的主角是他，可是他始终未曾出现。甚至没有一句台词，没有一幅画，只是静悄悄的隐藏在你的心里，操纵着你的喜与悲。

　　这些年，虽偶有联系，但真的很淡，淡得如同那年你离去时我们脸上的惆怅，只有自己能读懂。

　　花未全开月未圆。一切都刚刚好，在没开始的时候说了再见。我们都没有勇气说破那几个字，但却将对方种在了心里。总是以为，幸福就在下个拐角等待我的到来。

　　如果人生是一趟旅程，而我们却都在幸福的那一站前犹豫着，却都没有想到这一转身就成了错过。

　　我们之间，总是选择同样默契的方式沉默着，即便错过也在所不惜；我们之间，总是更多地在乎友情，在乎一种可以长久的存在关系，所以即便失去也在所不惜。

　　因为我们知道，友情比爱情长远。友情这种爱，可以名正言顺，无拘无束。这种爱，不求回报，心甘情愿。

　　举着友情旗号的暗恋，就像是夏季的蔷薇，它要让所有爱过它的人痛彻心扉。但因为友情比爱情长久，所以，在所不惜。

我害怕，你说你也喜欢我

08 / 是不懂方寸的友情，
　　　 还是乱了方寸的爱情

我已经分不清，你是友情，还是错过了的爱情。其实做好朋友挺好的，可进可退，永远处于不会被伤害的位置。

动情时分 ○○○○○○

珠宝店里，他跟她一起选购着戒指。

"你觉得这个如何？"他把戒指戴在她的手指上。

售货员说："小姐，您戴上这个戒指多漂亮啊！"

她点点头，笑容有点僵："就这个吧。"

他买下了它。

但这不是买给她的戒指，是他要送给他的女朋友作为生日礼物的。

而她，只是他的"哥们儿"，陪他选购而已。

≈≈≈≈

憋住眼泪就跟憋住一句话很想说的话一样困难。明知道说了出来也许会后悔，明知道说了之后就再也不能回到纯真的友情关系中去，可终究还是没忍住说了出来。

要是那一刻，能够拼命把话憋回去，永不说出口，那该有多好啊？

我常常想起你，一个会让我笑得小心翼翼的人。一个我曾经自顾自地表白过，然后开始变得疏远的人。

你常向人描述的你最爱的风景，那是全长两百米的暗红色椭圆跑道，颜色各异的碎小石块铺就的梅园小径，还有宿舍院里传说已有百岁高龄的参天黄桷树。

你述说的时候云淡风轻，然而眼里盛满的像是隔过雨天看海般忧郁迷蒙的情愫，不知几人读得出。更不知有几人能明白，你铭记的，其实从来不是这些所谓的风景。

你铭记的，是在三千米长跑精疲力竭时，他投过来的明亮如昨的微笑。是蜿蜒的跑道上刻下的深深浅浅的脚印，以及那些陌生或者亲密的脚印之间发生的离合悲欢的情节。

你铭记的，是腊梅开遍梅园时，暗香浮动，你与他执手相看宁心相随的静好，是流动于小径内久久不愿散去的秘密

我害怕，你说你也喜欢我

心事。

你铭记的，是阳光从黄桷树宽大的嫩绿间漏下来时，你仰着头，天真寻找光点之上自由的天堂。是哭泣的树身上，一笔一画用心雕刻却依然免不了扭曲难看的名字。

你铭记的，不是纯的风景，而是站在风景里抵死不认的人。你怀念的，不是旧的时光，而是住在时光里决口不提的爱。

那是些还没开始拥抱未来与现实的年月，在微微的压抑与叛逆里轻易寻找到疏解的途径。一个偶像明星，一本武侠小说，或者逃一天课，唱一首情歌。都很容易满足，如此而已。

琐屑的，普通的，却也能让经年之后的你闪着泪光，泅开心底最柔软的不舍。

你不舍的，是小卖部十分畅销的巧克力味冰激凌，是共同喜欢着摇滚乐的男孩儿女孩儿，是每一次的嬉笑打闹，每一回的同心协力。而你最不舍的，是你自己。是那个简单，随性，小聪明，无所顾忌的你。无可复制，没有雷同。

你一直有种爱憎难明的纠结情愫。你说，已过了使用感叹号的年纪。

换而言之，便是你已失了朝气蓬勃的年华。冷静，自制，不轻易的表露情绪，然而内心的敏感并没有一起消亡，你仍会为着一股异味几乎不敢呼吸，也会在意某人的一个标点与语气。

你说，对人与人的交往缺乏信心。

确是没有了信心。有过朝夕数年的陪伴，到如今隔了数座城池，彼此都没有力气再乘着火车翻山越岭，欢天喜地的聚首。

遇见了是缘分的引导，天时地利的巧合，带一点预感与神秘。我和你就是这时候遇见的，当然，我们之间，从来都是友情。你让我知道了你的所有秘密，于是，你偶尔的忧伤，我总是能够感同身受；你偶尔的长吁短叹，我总是能够理解。

但是我却不知道，从何时起，你的过往带给你的忧伤，竟也成了我的心事。

不相见时，承诺会去偶尔挂念对方，而再多的挂念，也逃不过相忘的死局。太绝对的承诺等同于欺骗，所以你听我说"永远是好朋友"时，笑得很牵强。（倪昭）

我害怕，你说你也喜欢我

09 / 我做过最勇敢的事，
就是听你说你们之间的爱情

> 那些出现在青春年华里的人，不论属于爱情，还是属于友情，都同样刻骨铭心。因为他们教会你勇敢，教会你坚强，教会你等他们全部离开时，你可以一个人向前走，不害怕，不迷茫。

动
情
时
分 ○○○○○○
EMOTIONAL MOMENT

那年他 15，她 14，他们在一棵小树上刻下誓言。

他写："就这样爱你。"

她的话刻在下面："一辈子不离开你。"

后来他们长大了，很自然地分了手，很自然地各自婚嫁。

那棵树长得很高，当年的誓言分在两边。

一边是："就这样，一辈子。"

另一边是："爱你，离开你。"

刻"不"字的地方长出了一根树枝，枝头开着红花。

有时候，誓言会帮你说一个谎。

≈≈≈≈

你心中有这样一个人吗？你们可能相爱过，你们也可能喜欢着彼此，但是，为了什么原因你们没能在一起？

也许他是为了朋友义气，不能追你。

也许为了顾及家人的意见，你们没有在一起。

也许为了出国深造，他没有要你等他。

也许你们相遇得太早，还不懂得珍惜对方。

也许你们相遇得太晚，你们身边已经有了另一个人。

也许你回头太迟，对方已不再等待。

也许你们彼此在捉摸对方的心，而迟迟无法跨出界限。

不过即使你们没在一起，你们还是保持了朋友的关系。但是你们心底清楚，对这个人，你比朋友多了一份关心。即使不能跟他名正言顺地牵着手逛街，你们还是可以做无所不谈的朋友。

他有喜欢的人，你口头上会帮他追，心里却不是很清楚，你是不是真的希望他追到。

他遇到困难时，你会尽你所能地帮他，不会计较谁又欠了谁。男女朋友吃醋了，你会安抚他们说你和他只是朋友，但你心中会有那么一丝的不确定。

　　每个人这辈子，心中都有过这么一个特殊的朋友，很矛盾的行为。一开始你不甘心做朋友，但久了，忽然发现这样做最好。

　　你宁愿这样关心他，总好过你们在一起而有一天会分手。

　　你宁愿做他的朋友，彼此不会吃醋，才可以真的无所不谈。

　　特别是这样，你还是知道，他永远会关心你的。做不成男女朋友，当他那个特别的朋友，有什么不好呢？你心中的这个特别的朋友……又是谁呢？

　　很多的感情，都因为一厢情愿，最后连朋友都做不成了。常常觉得惋惜，本来一些很好的友情，最后却因为对方一句喜欢你，如果你没有反应，这一段友情似乎也很难维持下去。也难怪有些人会因此不敢踏出这一步。

　　因为这就像是一场赌注，表白之后不是成了男女朋友，就是连朋友都当不成了。

　　也是可惜，也是遗憾！但有没有可能是另一种情况，你永远都不甘心只是朋友……

图书在版编目（CIP）数据

我害怕，你说你也喜欢我 / 夏林溪著. —北京：现代出版社，
2016.4

ISBN 978-7-5143-4396-0

Ⅰ.①我…　Ⅱ.①夏…　Ⅲ.①小小说—小说集—中国—当代
②散文集—中国—当代　Ⅳ.① I217.1

中国版本图书馆 CIP 数据核字（2015）第 308819 号

我害怕，你说你也喜欢我

著　　者	夏林溪
责任编辑	赵海燕
出版发行	现代出版社
通讯地址	北京市安定门外安华里 504 号
邮政编码	100011
电　　话	010-64267325　64245264（传真）
网　　址	www.1980xd.com
电子邮箱	xiandai@vip.sina.com
印　　刷	辽宁星海彩色印刷有限公司
开　　本	880×1230　1/32
印　　张	8
版　　次	2016 年 4 月第 1 版　2016 年 4 月第 1 次印刷
书　　号	ISBN 978-7-5143-4396-0
定　　价	32.80 元

别再抱怨命运的不靠谱了。不靠谱的哪是命运啊，不靠谱的只是人心而已。

你要是有心跟人家走下去，就不要怕什么。别总是羡慕人家的感情，自己从来不付出也不坚持。既然你们在一起了，就滚过去好好跟人走下去吧。

如果结局是一败涂地，你可以说："我当年为了喜欢的人狠狠地坚持了一把，虽然现在我们不在一起了，不过没关系，为了她，我愿赌服输。"

如果结局是无疾而终，你也可以说："我当你为了喜欢的人狠狠地改变了自己一次，虽然现在的我们不常联系，不过没关系，我还是有勇气，去听她和他之间的爱情。"

也许，只有深深爱过的人，才有这般勇气，去听爱的人的爱情故事吧。